Le Langage et la Vie

Charles Bally

Atar & Carl Winter's, Genève & Heidelberg, 1913

À la Mémoire de

Ferdinand de Saussure

TABLE

———

DEUXIÈME PARTIE
L'ÉVOLUTION DU LANGAGE ET LA VIE

PRÉFACE

Le but de ce travail est de montrer que le langage naturel reçoit de la vie individuelle et sociale, dont il est l'expression, les caractères fondamentaux de son fonctionnement et de son évolution. Tous les phénomènes de la vie réelle étant caractérisés par la présence constante, souvent par la prédominance des éléments affectifs et volitionnels de notre nature, l'intelligence n'y joue que le rôle, d'ailleurs fort important, de moyen ; il s'ensuit que ces caractères, en se reflétant dans le langage naturel, l'empêchent et l'empêcheront toujours d'être une construction essentiellement logique. L'exposé de ces principes vise aussi à placer dans son cadre psychologique l'ordre de recherches auquel j'ai donné le nom de stylistique, et j'ai essayé de faire ressortir l'importance qu'il y aurait pour la linguistique à étudier le langage en tant qu'expression des sentiments et instrument d'action.

Les idées exposées ici ont fait le sujet de conférences prononcées à l'Aula de l'Université de Genève les 9 et 13 décembre 1912 et à la Sorbonne les 14 et

17 février 1913 ; mais comme je les présente avec plus de développements et dans un ordre un peu différent, je n'ai pas cru devoir conserver les formes extérieures de la conférence parlée.

PREMIÈRE PARTIE

LE FONCTIONNEMENT

DU LANGAGE ET LA VIE

DIVERSES CONCEPTIONS DE L'ÉTUDE DU LANGAGE

Pour situer le sujet défini plus haut, il faudrait passer en revue les différents objets sur lesquels s'est fixée successivement l'étude du langage avant de devenir une science, — la linguistique, — puis les transformations par lesquelles a passé cette science elle-même jusqu'à l'heure actuelle. Mais une trop longue introduction ferait tort à l'idée centrale ; je me bornerai donc à marquer quelques points de repère. Qu'il suffise de rappeler que les recherches sur le langage ont été inaugurées, du moins dans le monde occidental, il y a plus de vingt siècles, par les rhéteurs et les philosophes de la Grèce. Quelle a été jusque vers 1800, et à voir les choses de haut, l'orientation de ces recherches ? On peut dire que, jusqu'au XIXe siècle, le langage n'a jamais été étudié pour lui-même, dans sa fonction vraie ; la linguistique a été une technique et un art avant d'être une science. Qu'il s'agisse de grammaire, de rhétorique ou d'art d'écrire, on s'est demandé quel parti il y a à tirer du langage pour la formation logique de la pensée, la correction et la pureté du style, la culture littéraire et surtout l'intelligence des auteurs classiques, pris non seulement comme modèles à imiter, mais comme normes linguistiques ; toutes préoccupations fort légitimes en elles-mêmes, mais étrangères à la recherche scientifique et incapables de révéler la raison d'être, la véritable nature du langage.

Il vaudrait la peine de montrer à quels excès et à quelles erreurs a conduit cette fausse conception ; c'est d'abord le fétichisme de la langue écrite, accompagné, bien entendu, d'un mépris souverain pour la langue parlée, qualifiée de « vulgaire », et qui est pourtant la seule véritable, parce que la seule originelle ; c'est la superstition d'une langue classique immuable, proposée comme modèle à toute la postérité ; enfin l'action néfaste du purisme, qui veille jalousement sur ce palladium et frappe d'interdiction toute forme nouvelle qui s'écarte de la correction. Nul effort cependant ne parvient à arrêter le mouvement irrésistible de la poussée vitale et sociale qui détermine l'évolution du langage. L'idiome vulgaire et parlé continue sa marche, d'autant plus sûre qu'elle est souterraine ; il coule comme une eau vive sous la glace rigide de la langue écrite et conventionnelle ; puis un beau jour la glace craque, le flot tumultueux de la langue populaire envahit la surface immobile et y amène de nouveau la vie et le mouvement. L'histoire du latin dans son passage aux langues romanes est un exemple typique de ce phénomène.

Tout à coup, vers 1800, un événement imprévu bouleverse nos idées et nous éclaire sur une erreur vingt fois séculaire : la découverte du sanscrit. Cette langue, plus archaïque à certains égards que le grec et le latin, permet aussitôt d'établir des analogies entre les divers idiomes indo-européens : la grammaire comparée est née, et une idée féconde en jaillit. Parenté implique filiation, souche commune, transformation. Les langues changent donc ?

Non seulement cette vérité se fait jour, mais on découvre les lois précises qui règlent leur évolution ; on s'aperçoit que cette évolution, loin de dépendre de la volonté raisonnée des savants ou des littérateurs, est inconsciente et collective, qu'elle part le plus souvent d'en bas et monte de la foule grouillante

Un instant, le transformisme darwinien, qui vient confirmer ces vues, risque de lancer la linguistique sur une fausse piste. Si les langues évoluent, leur évolution doit être semblable à celle des organismes vivants ; elles sont donc elles-mêmes des organismes, existant par eux-mêmes, vivant de leur vie propre ? Cette analogie, qui n'est vraie que par métaphore, crée une fiction dangereuse et tenace ; car beaucoup de savants parlent encore couramment de la « vie du langage », de la « vie des mots », de la « lutte pour la vie entre les idiomes ». Peu à peu cependant, on se convainc que la langue n'existe que dans les cerveaux de ceux qui la parlent et que ce sont les lois de l'esprit humain et de la société qui expliquent les faits linguistiques.

Mais un autre danger surgit. La découverte des évolutions linguistiques a fondé toute l'étude des langues sur leur histoire. Voici qu'après avoir été immobilistes, les linguistes tombent dans l'excès contraire ; beaucoup de savants voudraient enfermer toute la science du langage dans les cadres de la méthode historique. Un siècle après la découverte du sanscrit, on commence seulement à comprendre que l'évolution n'explique pas tout le langage ; que, pour en pénétrer le mécanisme, il faut savoir faire abstraction du temps. La linguistique statique revendique sa place à côté de la linguistique évolutive. Singulière rencontre : si les grammairiens d'avant 1800 avaient étudié le langage sans vues utilitaires, avec des principes purement scientifiques, ils nous auraient dotés d'une théorie des états de langues que la linguistique actuelle, absorbée dans l'étude des changements, commence à peine à entrevoir. Cette tâche lui est facilitée par deux sciences dont les progrès éclairent toujours mieux sa route : la psychologie, qui montre que rien ne se dit qui ne soit aussi pensé, et la sociologie, qui a guéri les linguistes de la conception naturaliste du langage et a montré qu'il est, au moins partiellement, un produit de la vie sociale.

Voici à peu près où nous en sommes. Au total, nous voyons un peu mieux, sinon ce que c'est qu'une langue, du moins ce qu'elle n'est pas : le langage naturel, celui que nous parlons tous, n'est au service ni de la raison pure, ni de l'art ; il ne vise ni un idéal logique, ni un idéal littéraire ; sa fonction primordiale et constante n'est pas de construire des syllogismes, d'arrondir des périodes, de se plier aux lois de l'alexandrin. Il est simplement au service de la vie, non de la vie de quelques-uns, mais de tous, et dans toutes ses manifestations : sa fonction est biologique et sociale.

LA VIE

Que faut-il entendre par la vie, en matière de langage ? Poser cette question, c'est se placer devant le sujet que se propose cette étude. Il ne s'agit pas, on le devine, de la vie envisagée en elle-même, mais de la conscience de vivre et de la volonté de vivre ; non de la vie telle que le biologiste se la représente, dans sa réalité objective, mais du sens vital que nous sentons en nous-mêmes. Pour en avoir l'intuition, il faudrait se poser cette question : Que se passe-t-il en moi lorsqu'au milieu d'une émotion, d'un désir, d'un acte de volonté, je me replie sur moi-même et interromps brusquement le flux des faits de conscience dont s'accompagne tout phénomène de la vie réelle, impression subie, mouvement de colère, désir violent, résolution énergique, etc. ? Comment tout cela se reflète-t-il dans mon esprit ? De quelle trame est tissée ma vie psychique véritable, dans ses formes spontanées et naturelles ?

S'il est difficile de donner immédiatement une réponse positive, il y a du moins une chose dont je suis certain : mes pensées « vécues » sont d'une tout autre étoffe que celles des idées pures. Aucun homme ne vit par la seule intelligence ; il n'y a pas d'idée pure qui aide à vivre. Quels sont les produits les plus authentiques de l'intellect ? Ne sont-ce pas les vérités scientifiquement prouvées, les jugements et les raisonnements épurés et intellectualisés par un long effort de la pensée, et qu'on appelle des lois scientifiques ? Mais il n'y a pas de loi scientifique qui ne porte dans son sein, avec son déterminisme brutal, un germe de mort, un motif de vivre avec moins de foi et moins d'ardeur.

Si le langage n'est pas une création logique, c'est que la vie dont il est l'expression n'est pas actionnée par les idées pures. Si l'on me dit que la vie est courte, cet axiome ne m'intéresse pas en lui-même, tant que je ne le sens pas, tant qu'il n'est pas vécu ; cette idée générale ne pénètre réellement en moi que par une modification *subjective* accompagnée d'une vibration *affective*, si légère soit-elle, et cela n'est possible que si, par des associations simples ou complexes, peu importe, je pense à ma vie ou à celles d'autres personnes impliquées dans mon existence. L'égalité *Deux et deux font quatre* laisse indifférent celui qui la conçoit dans sa pure abstraction ; mais un ouvrier qui a gagné deux francs le matin et deux francs l'après-midi se représente très vivement que les quatre francs qu'il rapporte chez lui le soir font un total plus considérable (lisez : plus utile, plus précieux, plus désirable) que chacun des addendes ; mais ce n'est plus une idée : c'est une valeur. Le jugement intellectuel *La terre tourne* se change en jugement de valeur dans la bouche de Galilée s'écriant devant ses juges : *E pur si muove !* Ce n'est plus une vérité scientifique, c'est l'affirmation d'une valeur attachée à cette vérité : elle paraît si précieuse à celui qui l'émet, qu'il risque sa vie pour elle.

Celles de mes pensées qui germent en pleine vie ne sont jamais d'ordre essentiellement intellectuel ; ce sont des mouvements accompagnés d'émotion, qui tantôt me poussent vers l'action, tantôt m'en détournent ; ce sont des épanouissements ou des repliements de désirs, de volitions, d'impulsions vitales. Sans doute, c'est par l'intellect que je prends conscience de ces mouvements multiples, mais il n'en forme pas l'essence, il n'en est que le véhicule, le metteur en scène et le metteur en œuvre. Cette forme de pensée, que je crois habituelle et normale, se reflète fidèlement dans le langage naturel, et si cela est vrai, il doit être autre chose que ce que nous fait croire la logique et l'esthétique. Mais tâchons de serrer de plus près ce sens biologique qui apparaît au fond de toutes nos pensées vraiment vécues.

Notre vie, tantôt nous la subissons, tantôt nous la faisons, ou du moins nous avons l'illusion de la faire.

Nous la subissons, quand elle nous envoie des impressions que notre sens vital interprète à la lumière de l'instinct de conservation. Il est vrai que nous ne sommes pas entièrement passifs à l'égard des excitations externes, nous ne nous bornons pas à les enregistrer ; notre sens biologique les trie, selon la valeur qu'elles représentent pour nous ou pour d'autres individus dont la vie est liée à la nôtre (famille, société, humanité). Cette appréciation des valeurs se traduit en jugements qui diffèrent essentiellement des jugements logiques : nous chercherons à les caractériser quand nous étudierons leur expression dans le langage.

Mais nous ne subissons pas toujours la vie : nous la faisons aussi ; la façon même dont nous la subissons est une préparation à l'action. La vie est en effet une aspiration constante vers quelque chose. Vivre, ce n'est ni constater, ni savoir, c'est avant tout croire, croire à n'importe quoi ; le choix des croyances révèle seulement la personnalité propre à chacun. Tout homme a sa foi, même celui qui rejette toute foi ; ainsi croire à la science, c'est la dépasser par un élément qui lui est extérieur ; affirmer qu'il n'y a pas de Dieu, c'est une manière particulière d'avoir une religion ; douter et souffrir de son doute, c'est croire encore. Car quiconque n'aspire pas vers une fin, si obscure soit-elle, ne vit pas. Pour vivre, il faut espérer, même contre toute raison ; la vie a horreur du non-être ; elle crée sans cesse pour ne pas se détruire, par haine du néant. Il faut faire sa vie sans cesse ; vivre, c'est lutter à tout instant contre la mort ; des millions d'existences n'ont pas d'autre raison d'être ; puis, quand l'homme a triomphé de ses besoins, par la civilisation par exemple, la satisfaction des besoins engendre les désirs, rendus plus impérieux que les besoins par les habitudes qu'ils créent ; la pullulation des désirs est, avec l'accroissement de la sensibilité, la marque propre des civilisations avancées.

Voilà pourquoi, dans la vie, toutes nos pensées se tendent vers l'action ; nous ne vivons pas pour penser, nous pensons pour vivre. Recevoir des impressions, les trier au crible du sens biologique, les transformer en actes, voilà à quoi se passe le plus clair de notre temps ; l'intelligence n'est que l'instrument de cette transformation, le commutateur qui transpose en vie agissante la vie que nous avons d'abord subie.

Les hommes différeront toujours entre eux ; mais ils ont tous en commun cette aspiration vers une fin qui n'est jamais et devient toujours ; c'est ce qui donne au langage naturel ce je ne sais quoi qui le distingue si nettement de l'expression intellectuelle. L'homme ne recherche pas la vérité, il n'aspire qu'à une chose : le bonheur. « Tous les hommes, dit Pascal, recherchent d'être heureux ; cela est sans exception. Quelques différents moyens qu'ils y emploient, ils tendent tous à ce but. Ce qui fait que les uns vont à la guerre et que les autres n'y vont pas est ce même désir, accompagné de différentes vues. La volonté ne fait jamais la moindre démarche que vers cet objet. C'est le motif de toutes les actions de tous les hommes, jusqu'à ceux qui vont se pendre. »

Vivre, c'est donc agir, c'est-à-dire obéir à une poussée vitale, qui peut d'ailleurs rester intérieure et ne pas aboutir ; agir, dans un sens assez général pour permettre de dire que l'action est le propre des pires paresseux. Entre l'apache qui égorge une pauvre vieille pour lui voler son bas de laine et le mystique qui se consume dans le sacrifice et entrevoit le paradis au milieu de ses souffrances volontaires, il y a, malgré l'abîme creusé par la morale, quelque chose de commun : l'aspiration vers une fin sentie désirable, l'aspiration vers le bonheur.

EXPRESSION LINGUISTIQUE DE LA VIE

Le langage reflète fidèlement cette double forme de la vie réelle. D'abord il nous montre comment, dans la vie réceptive, les excitations sensorielles se traduisent en impressions et en jugements de valeur. Nous avons dit que ceux-ci diffèrent des jugements logiques : cette différence est double.

D'abord, ils ne sont pas régis par la notion objective de causalité, mais orientés vers une fin subjective ; ce sont des jugements téléologiques. De plus, ils sont toujours affectifs en quelque mesure ; ce ne sont jamais des produits entièrement intellectuels.

C'est sous cette forme qu'ils apparaissent dans le langage et le modifient. Lorsqu'il nous arrive de dire qu'il fait chaud, qu'il fait froid ou qu'il pleut, il ne s'agit presque jamais d'une simple constatation, mais d'une impression affective, ou bien d'un jugement pratique, susceptible de déterminer une action ; nous exprimons le plaisir ou le déplaisir, l'intérêt ou le désavantage associés par nous, dans chaque circonstance, aux idées de chaleur, de froid ou de pluie. *Il fait chaud* veut dire, selon les cas : « Cette chaleur m'est agréable ou désagréable ; elle me fait du bien ou du mal ; elle est favorable ou contraire à mes intérêts ; je pourrai me passer de mes vêtements d'hiver, j'aurai de l'oppression ; mes récoltes vont pousser ou sécher sur pied, etc., etc. »

On le voit, un jugement de valeur peut être pensé subjectivement et être cependant exprimé aussi objectivement qu'un jugement logique. (*Il fait chaud. La vie est courte.*) Mais dans les formes les plus intellectuelles en apparence, la subjectivité de la pensée apparaît. Ainsi la phrase : *Un père est toujours un père* serait simplement absurde, si l'on s'en tenait à l'interprétation logique ; si le sujet *père* est conçu objectivement, le prédicat *père* signifie : « un père avec les qualités et les valeurs que nous lui attribuons ordinairement ». Et puis, lors même que l'expression paraît entièrement logique, l'intonation et la mimique du parleur montreront, au moins faiblement, l'affectivité de sa pensée, et, la plupart du temps, l'expression elle-même reproduit par des procédés linguistiques la note émotive et subjective contenue dans la constatation ; c'est le cas de phrases telles que : *Quelle chaleur ! — Ah ! la bonne chaleur ! — Il fait une chaleur étouffante ! — Maudite chaleur !*

Ainsi, au contact de la vie réelle, les idées les plus objectives en apparence s'imprègnent d'affectivité ou prennent la forme de jugements de valeur ; la langue vivante reflète cette double transformation et l'usage la consacre. Voilà pourquoi le langage spontané est une toile de Pénélope qui se fait et se défait sans cesse, parce que l'intelligence et la sensibilité y travaillent simultanément et qu'elles ne travaillent pas de la même façon. Il arrive souvent qu'un même mot a selon les cas un sens purement intellectuel et un sens subjectif et affectif ; l'opposition de ces deux sens permet de saisir la différence existant entre la détermination objective d'une chose et une valeur qui lui vient des sujets pensants. Soit l'adjectif *dramatique* ; dans *l'art dramatique*, il ajoute au nom une détermination spécifique ; pas trace d'émotivité ni de subjectivisme ; mais dans *un incident dramatique*, le même adjectif exprime une valeur subjective et décharge un courant d'affectivité, si faible soit-il ; comparez encore les couples : *la loi martiale* et *une attitude martiale*, *périr de mort violente* et *une violente tempête*, *la danse macabre* et *une macabre découverte*. Il n'est pas difficile de voir qu'en prononçant, même sans contexte, des mots tels que, *paradis*, *enfer*, *pharisien*, *diplomate*, *philosophe*, *stoïcien*, *épicurien*, *épicier*, les valeurs subjectives qu'on leur a peu à peu attachées et que l'usage a consacrées surgissent dans l'esprit aussi spontanément que le sens propre.

Ces jugements de valeur reposent, comme nous l'avons dit, sur les sentiments fondamentaux du plaisir et du déplaisir, sur lesquels se greffent, avec l'aide de la réflexion, les notions plus raisonnées de l'utile et du nuisible, du bien et du mal ; mais jamais ils ne sont entièrement intellectuels ; ils forment le substrat de notre logique vitale, orientée vers le devenir, la finalité, l'action ; ils n'ont pas de commune mesure avec l'autre logique, qui, cherchant l'explication de ce qui existe déjà, établit entre les choses des rapports de causalité étrangers à l'action.

Le langage reflète encore, cela va sans dire, la face active de la vie, cette aspiration, cette tension, ce besoin perpétuel de réaliser une fin. C'est la raison d'être d'un des caractères les plus importants du langage : l'*expressivité*, par où j'entends la tendance qui pousse à mettre le langage au service de l'action par des procédés appropriés. Comment définir l'expressivité ? D'abord en disant qu'elle est illogique par nature. Quiconque pense avec intensité et veut imposer sa pensée, quelle qu'elle soit, ne peut y parvenir qu'en faussant (le plus souvent sans penser à mal et sans même s'en douter) la réalité et la vérité. Pour être expressif, le langage doit sans cesse déformer les idées, les grossir ou les rapetisser, les retourner, les transporter dans un autre mode. Les tours les plus ordinaires de la langue parlée en témoignent. On use d'un pléonasme ridicule dans l'expression : *Je l'ai vu, de mes yeux vu !* On exagère illogiquement quand on dit : *Courir comme le vent*, quand on affirme qu'on a acheté un tableau de maître *pour un morceau de pain*, ou qu'on dit d'une marchandise obtenue à bas prix : *C'est donné*, et d'une marchandise trop chère : *Cela coûte les yeux de la tête*. On transpose dans l'absolu une constatation toute relative en disant : *Il fait le plus beau temps du monde*, ou : *On n'est pas plus aimable*. On présente comme excessive une qualité qui, par définition, exclut tout excès, et l'on dit : *C'est trop juste*. Ou bien on affirme le contraire de ce qu'on pense : *Ne vous gênez pas ! La belle affaire ! Fiez-vous à l'apparence ! En voilà une raison !* On interroge au lieu d'affirmer : *Est-ce beau ! Est-il assez laid ! N'est-ce pas révoltant ?* On personnifie des choses qui n'ont aucune réalité concrète : *Un travail présente de grandes difficultés, Une idée revêt des formes diverses*. On transpose la tonalité de la pensée par le procédé si habituel de la métaphore : *courir un danger, étouffer un scandale, empocher un affront*, etc., etc.

Si notre pensée, dans la vie réelle, est telle que nous l'avons définie, elle se résume dans trois caractères essentiels que nous retrouvons dans le langage : 1) Elle n'est pas régie par l'intellect, mais le fait servir à ses fins et sait s'en passer quand il le faut. Les actes des gens les plus sages ne sont jamais strictement raisonnables, et quelques-uns sont même absurdes au regard de la logique ; c'est que la logique est un principe d'immobilité, alors que la vie est tout entière élan, poussée, transformation. 2) Notre pensée est essentiellement subjective quand elle est aux prises avec la vie, le moi y imprime partout sa marque, ce qui ne veut pas dire que l'homme soit nécessairement égoïste. 3) Toute pensée dépendante de la vie est affective ; elle l'est d'ailleurs à des degrés très divers. Ce caractère est inséparable du précédent ; l'un peut dominer plus que l'autre ; tantôt l'émotion éclate, tantôt la pensée subjective prend la forme plus intellectuelle d'un jugement de valeur ; devant un Rembrandt, je peux ou bien laisser libre cours à mon admiration et m'écrier : *Que c'est beau !* ou bien transformer, par la réflexion, cette émotion en jugement de valeur et dire : *C'est un chef-d'œuvre* ; mais une même intuition se retrouve à la racine de ces deux formes : rien de ce qui est subjectif ne saurait être dépourvu de nuance émotive ; inversement, tout ce qui est émotif est par là même subjectif.

Écoutez parler autour de vous : dans tous les types d'expression où se révèle une pensée vécue, vous trouverez au moins un minimum d'éléments subjectifs et affectifs ; là même où la langue n'offre pas au sujet parlant des moyens d'expression adéquats à la forme de sa pensée, vous constaterez que l'intonation, le geste, l'expression du visage y suppléeront. On ne peut appeler quelqu'un sans y mettre un minimum d'expression, ne fût-ce que par la manière dont on prononce son nom. L'affirmation et la négation ne sont jamais pensées ni exprimées d'une façon entièrement objective ; aussi un oui ou un non deviennent-ils expressifs dans la mesure où l'on met de l'importance à affirmer ou nier quelque chose (par exemple, au lieu de *oui*, selon les circonstances : *Certes ! Ma foi oui ! Pour sûr ! Mais oui ! Pourquoi pas ? Parfaitement ! À qui le dites-vous ? Je l'avoue ! J'en conviens ! D'accord ! C'est dit ! Soit ! Amen !* etc., etc.).

Rappelez-vous, dans *le Gendre de Monsieur Poirier*, la scène où Gaston feint de prendre au sérieux les ambitions de son beau-père, jusqu'au moment où il ne peut plus cacher son mépris.

GASTON. — Vous serez comte !

POIRIER. — Non, il faut être raisonnable ; baron, seulement !

GASTON. — Le baron Poirier !... Cela sonne bien à l'oreille.

POIRIER. — Oui, le baron Poirier !

GASTON (il le regarde et part d'un éclat de rire). — *Je vous demande pardon, mais là, vrai, c'est trop drôle. Baron ! Monsieur Poirier !*

Tout est affectif, dans cette explosion de gaieté ironique, mots et syntaxe ; imaginez le même personnage éclatant de rire et disant, comme le réclame le langage de la logique : « *Je trouve tout à fait comique l'idée que vous, qui vous appelez Monsieur Poirier, puissiez porter le titre de baron.* » C'est comme si un corps vivant se changeait soudain en squelette rigide.

LE LANGAGE ET LA SOCIÉTÉ

L'homme ne vit pas seul, toujours en face de lui-même ; dans toutes ses démarches, il rencontre d'autres hommes et doit compter avec eux. Depuis Aristote, nous avons l'habitude de dire qu'il est un « animal sociable » ; le langage est le produit de cet instinct de sociabilité. Mais on oublie d'ajouter que, si l'homme est fait pour vivre en société, il n'est pas socialisé, comme le sont certaines espèces animales, les abeilles, par exemple. Il ne peut pas l'être, parce que les instincts individuels sont loin d'être subordonnés chez lui à l'instinct social, ou tout au moins de s'harmoniser avec lui ; l'équilibre est instable, et l'on peut se demander s'il sera jamais absolu.

Voilà pourquoi — quelque paradoxal que cela paraisse — l'instinct social se manifeste surtout sous forme de lutte. Lutte ne veut pas dire hostilité, haine, guerre ; ce ne sont là que les formes extrêmes ou barbares de la lutte ; la guerre pourra disparaître ; peut-on en dire autant de la lutte ? Dès que deux êtres humains entrent en contact, ils entrent en lutte, au sens psychologique du mot, parce qu'il ne peut jamais y avoir entre eux adaptation absolue, harmonie parfaite des mentalités. Ainsi la lutte, telle qu'elle est définie ici, n'est pas incompatible avec la solidarité et la sympathie ; elle suppose simplement concordance incomplète des croyances, des désirs et des volontés ; elle se rencontre jusque chez les êtres qui se cherchent dans l'amitié et dans l'amour ; elle résulte d'un conflit entre l'individualisme et l'instinct social.

Le langage reproduit ce caractère de la vie, comme tous les autres ; il montre surtout à quel point ce conflit peut prendre des formes pacifiques. La conversation la plus anodine en est l'image exacte. Pour un observateur superficiel, elle n'offre rien d'intéressant ; mais, examinez de plus près les procédés employés ; la langue apparaît alors comme une arme que chaque interlocuteur manie en vue de l'action, pour imposer sa pensée personnelle. La langue de la conversation est régie par une rhétorique instinctive et pratique ; elle use, à sa manière, des procédés de l'éloquence, ou, pour mieux dire, c'est à elle que l'éloquence a emprunté ses procédés En effet, pour l'énoncé des moindres choses, il faut que la pensée s'impose par le langage ; il faut que celui-ci se fasse tantôt pénétrant, incisif, énergique, volontaire, tantôt vibrant, passionné, tantôt humble et suppliant, souvent même hypocrite.

Il suffit de se rappeler les tours les plus usuels par lesquels s'exprime un ordre ou une prière, pour se rendre compte de ce caractère du langage Si vous désirez que quelqu'un vienne vers vous, vous ne le dites pas toujours de la même façon ; votre expression se modifiera selon les rapports existant entre vous et la personne interpellée, et surtout selon le degré de résistance ou d'acquiescement que vous prévoyez de sa part ; voici quelques spécimens des formes possibles : *Venez ! — Voulez-vous venir ! — Ne voulez-vous pas venir ? — Vous viendrez, n'est-ce pas ? — Dites-moi que vous viendrez ! — Si vous veniez ? — Vous devriez venir ! — Venez ici ! — Ici ! — Voulez-vous bien venir !* etc. Ces phrases, si différentes entre elles, font toutes deviner une tension de celui qui parle, une lutte contre une résistance possible, une action exercée sur l'interlocuteur. C'est pour exciter et maintenir son attention que la langue invente tant de particules en apparence inutiles comme : *Tiens ! — Voyez-vous ! — Dites donc ! — Vous savez !* — C'est pour mieux agir sur l'écouteur qu'on le prend à partie sans raison logique, par exemple : *Je vous laisse à penser si j'étais content ! — Dites si ce n'est pas une folie ! — Tout seul, pensez donc, on s'ennuie !* etc. C'est la raison d'être du datif « éthique » : *Regardez-moi ça ! — Je te lui ai appliqué un de ces soufflets...* On trouverait cette tendance à l'origine de bien des particules que l'usage a intellectualisées dans *voici, voilà,* russe *vot, vêd', nebós',* grec τοι (probablement ancien datif éthique σοί), etc.

Mais ce n'est pas tout : la présence ou la simple représentation mentale d'autres personnes peut exercer une action coercitive sur notre langage. Ainsi en parlant avec quelqu'un, ou en parlant de lui, je ne puis m'empêcher de me représenter les relations particulières (familières, correctes, obligées, officielles) qui existent entre cette personne et moi ; involontairement je pense, non seulement à l'action que je veux exercer sur elle, mais aussi à l'action qu'elle peut exercer sur moi ; je me représente son âge, son sexe, son rang, le milieu social auquel elle appartient ; toutes ces considérations peuvent modifier le choix de mes expressions et me faire éviter tout ce qui pourrait détonner, froisser, chagriner. Au besoin le langage se fait réservé, prudent ; il pratique l'atténuation et l'euphémisme, il glisse au lieu d'appuyer. C'est dans les formes dites de politesse qu'on retrouve le plus grand nombre de ces nuances. Ainsi, au lieu du simple : *Entrez !* on dira : *Veuillez entrer ! — Donnez-vous la peine d'entrer ! — Faites-moi le plaisir d'entrer !* Au lieu de *Vous mentez !* l'hypocrisie, la peur, les égards qu'on doit à quelqu'un incitent à dire : *Vous vous trompez ! — Vous êtes victime d'une erreur ! — Vous exagérez ! — Ce n'est pas tout à fait exact,* etc. C'est encore l'hypocrisie sociale qui crée des précautions oratoires telles que : *Je n'ai pas besoin de vous recommander la plus grande discrétion.* C'est pour faire avaler une objection que l'on commence par des tours tels que : *Vous avez raison, mais... — Je veux bien. — Je ne dis pas non. — Je vous l'accorde, mais...* plus familièrement : *Tout ce que vous voudrez, mais...* (cf. lat. *quamvis, quamlibet.*) Comme on peut le prévoir, ces formes, en se répétant, s'intellectualiseront et marqueront l'objection pure et simple ; c'est ce qui est arrivé en partie pour *sans doute, mais…* et tout à fait pour l'allemand *allerdings.*

Ainsi le contact avec les autres sujets donne au langage un double caractère : tantôt celui qui parle concentre son effort sur l'action qu'il veut produire, et l'esprit de l'interlocuteur est comme une place forte où il veut pénétrer ; tantôt c'est la représentation d'un autre sujet qui détermine la nature de l'expression ; en reprenant l'image de la lutte, on peut dire qu'il ne calcule plus les coups qu'il veut donner, mais songe à ceux qu'il pourrait recevoir. Dans le premier cas, il y a poussée, élan, attaque ; dans le second, repliement et réserve prudente.

Mais toujours nous aboutissons à la même constatation générale et profonde : il s'agit de motifs pratiques, d'un but à atteindre, jamais de considérations purement intellectuelles ; jamais les formes logiques du langage ne sont au premier plan ; affectivité expressive, voilà ce qui domine ; il est nécessaire de se faire comprendre, et l'intelligence sert à cette fin, mais son rôle est toujours celui d'un intermédiaire.

L'INTELLIGENCE ET LE LANGAGE

La prédominance des éléments affectifs et subjectifs de la pensée dans les formes de langage que nous étudions a peut-être créé l'illusion que l'intelligence ne joue aucun rôle dans les opérations linguistiques ; une pareille assertion ferait sourire, et j'ai, à plusieurs reprises déjà, mis en garde contre cette interprétation exagérée de notre thèse. La vie et le langage nous donnent dans une égale mesure l'image d'une organisation, plus exactement, d'une chose qui tend sans cesse vers l'organisation sans jamais y parvenir. Mais tout effort d'organisation repose sur une opération intellectuelle. Donc, il y a une intelligence au cœur des phénomènes du langage comme dans ceux de la vie. Seulement, nous le répétons une fois de plus, cette intelligence est moyen et non, comme on l'a cru, fin en soi. Tout homme qui agit et qui exprime son activité intérieure par la parole pour la communiquer aux autres ou la leur imposer, a besoin d'analyser et d'ordonner sa pensée, parce que la première condition pour arriver à ses fins est d'être compris ; toute compréhension repose sur une analyse ; les mots, leur enchaînement, l'ordonnance des phrases est le reflet linguistique de cette analyse. Il s'agit là d'une opération intellectuelle au premier chef ; mais il n'en est pas moins vrai qu'elle ne se fait pas pour l'amour de la compréhension ; compréhension et analyse ne sont que des moyens d'atteindre le but.

En général, la compréhension est facilitée par le milieu, la situation, les circonstances où se déroulent la plupart des conversations en pleine vie ; dans les trois quarts des cas, les interlocuteurs parlent de faits qui sont connus des uns et des autres ; ils opèrent sur une situation matériellement claire ; l'endroit où ils se trouvent leur offre souvent les éléments d'information dont ils ont besoin (par ex. un magasin où l'on va acheter quelque chose) ; tout cela est comme un canevas sur lequel on peut broder à sa guise. Mais il n'en est pas toujours ainsi ; il arrive que le parleur doive faire connaître à l'écouteur des choses que celui-ci ignore et qui sont nécessaires pour que l'entretien aboutisse. Alors l'effort d'analyse est plus grand, parce que la compréhension plus malaisée ; le langage va s'intellectualiser d'autant ? On constate en général que, dans une conversation poursuivant un but pratique, les récits, les explications et les descriptions du sujet sont de véritables actions et ne sont pas purement narratives, explicatives ou descriptives ; elles sont des moyens d'arriver au résultat, pas autre chose. Si, par exemple, un patient consulte un médecin à propos d'un accident dont il a été victime, sa relation de l'accident vise uniquement le résultat qu'il veut obtenir : renseigner le médecin en vue d'une prompte guérison. Dans une discussion d'affaires, l'exposé d'un projet est analytique par nécessité, mais inconsciemment on choisit les mots et les tours les plus propres à persuader ou à convaincre ; qu'il n'y ait rien d'affectif ou d'expressif dans cette manière de dire les choses, voilà qui semble impossible.

Ensuite — et c'est là le second point que l'on oublie trop — l'intelligence ordonnatrice qui est à la base de toute compréhension n'est pas enfermée dans les cadres étroits de la raison ; elle ne se manifeste pas forcément par des jugements explicites et des raisonnements enfilés comme les perles d'un collier.

L'intelligence au service de la vie enveloppe et dépasse notre logique aux formes géométriques : le langage montre, mieux que n'importe quoi, ce qu'il faut entendre par là. On pense involontairement à l'intuition bergsonienne, et le langage, dans ses rapports avec la vie, semble donner raison à M. Bergson quand il dit que « la vit déborde l'intelligence de toutes parts » et que « notre science est caractérisée par une incompréhension naturelle de la vie ». Il semble en tout cas que l'intelligence qui actionne le langage soit de même nature que celle qui ordonne les phénomènes de la vie, en cela surtout qu'elle diffère essentiellement de la raison logique. Le langage ne se comprend bien qu'en fonction de la pensée telle que la vie la façonne, et l'on peut se représenter cette pensée comme un organisme dont l'intelligence logique forme l'ossature ; les muscles et les nerfs, ce sont nos sentiments, nos désirs, nos volontés, toute la partie affective de notre esprit ; ils en constituent le principe moteur ; sans ce système nerveux et musculaire de la pensée, l'intelligence pure n'est plus qu'un squelette.

Cette intelligence, dans le sens large, a pour caractères essentiels d'être *inconsciente* et *collective* : le langage reproduit ces caractères.

1. Les opérations du langage sont inconscientes : nous ne pensons presque jamais aux innombrables représentations

que notre esprit est obligé d'associer et de combiner pour la moindre phrase que nous prononçons ; c'est inconsciemment que nous choisissons dans la conversation les mots qui nous paraissent les plus compréhensibles et les plus expressifs ; inconsciemment que nous forgeons parfois des mots nouveaux que des analogies obscures nous font trouver ; inconscient aussi, le travail spontané de compréhension de l'interlocuteur.

2. Les opérations du langage supposent une intelligence collective, un consensus qui est la marque propre d'une communauté linguistique. La phrase que je viens de concevoir et de prononcer sans presque y faire attention va provoquer chez ceux qui m'écoutent une interprétation adéquate de ma pensée et de mon sentiment ; et plus cette pensée est inconsciente, plus elle peut compter sur une compréhension générale et profonde ; plus au contraire l'expression est analytique et consciente, plus aussi elle rencontre d'obstacles pour se faire entendre de tous et autrement que par l'intelligence analytique. Souvent une parole qui nous échappe et nous étonne nous-mêmes lorsqu'elle est envolée, pénètre plus avant dans l'esprit d'autrui qu'une phrase claire et logiquement construite. C'est que seule peut-être la pensée inconsciente possède le don de sympathie ; et c'est sans doute par l'inconscient que les esprits se pénètrent le plus efficacement.

FONCTIONNEMENT DU LANGAGE

Mais on ne saisira bien le jeu de cette âme collective de la communauté linguistique que lorsqu'on aura pu faire la synthèse du système d'une langue, c'est-à-dire des associations et des oppositions synchroniques qui unissent ses divers éléments dans la conscience des sujets parlants. Nous sommes encore très loin de cet idéal, parce que nos méthodes, surtout nos méthodes historiques, nous ont habitués à morceler les langues et à les examiner pièce à pièce. Le problème de la linguistique de demain sera l'étude expérimentale du fonctionnement du langage (problème autrement plus important que celui de l'origine du langage). On en chercherait vainement une solution satisfaisante dans nos grammaires et nos manuels linguistiques ; tous prétendent nous donner un tableau de la structure de l'idiome étudié, mais c'est un tableau dont la toile a été préalablement divisée en petits carrés où l'on a peint séparément des détails impossibles à raccorder dans une vue d'ensemble.

Le maître dont la science pleure aujourd'hui la perte douloureuse, Ferdinand de Saussure, a été le premier à jeter les bases de cette discipline nouvelle dans ses cours de linguistique générale ; on peut dire que seul il était arrivé à la constituer. La mort l'a enlevé avant qu'il ait pu nous donner le livre où auraient été consignées ses vues géniales sur ce sujet. Les notes recueillies pieusement par ses élèves seront peut-être publiées un jour ; cette publication nous guérirait de bien des fautes de méthode, et nous apprendrait surtout à ne pas mêler l'histoire à l'étude des systèmes linguistiques ; car ceux-ci reposent tout entiers sur l'opposition simultanée, synchronique, de symboles linguistiques, qui, à chaque moment, reçoivent de cette opposition seule, et de nulle autre source, leur signification et leurs valeurs diverses.

Pour que cette recherche idéale aboutît, il faudrait peut-être qu'elle fût faite par un linguiste qui ne saurait ni lire ni écrire la langue qu'il étudierait ; il faudrait aussi qu'il ignorât tout de son passé, et qu'il renonçât à la rattacher à la civilisation et à l'organisation sociale qu'elle représente, afin que son attention se portât tout entière sur l'action réciproque des symboles. Alors il aurait quelque chance de saisir le système dans sa réalité, parce qu'il en aborderait l'étude, libre des illusions et des préjugés qui nous viennent de l'écriture et des méthodes historiques. Mais où, quand et comment cette expérience intégrale pourra-t-elle être tentée ?

Voici, à titre d'exemple, un petit fait que je grossis intentionnellement, et qui marquera la nature propre de cette recherche. Si le français était une langue de sauvages, non fixée par l'écriture, un voyageur-linguiste, recueillant sur les lèvres des indigènes le présent du verbe *aimer*, le transcrirait ainsi : *jèm, tuèm, ilem, nouzémon, vouzémé, ilzèm*. Ce qui le frapperait surtout, c'est l'agglutination du pronom-sujet et du verbe ; jamais il ne serait tenté de restituer un paradigme sans pronom : *Aime, aimes, aime, aimons*, etc., auquel l'écriture traditionnelle fait croire. En comparant ce cas à d'autres, très nombreux, que l'observation directe lui ferait trouver, il attribuerait à cette langue une tendance à l'agglutination, et même, en comparant *ilèm* et *ilzèm,* il supposerait une tendance à l'incorporation, le signe unique du pluriel étant un *z* infixé dans le complexus verbal. Ces conclusions ne sont qu'approximatives, mais elles montrent que le français ressortirait de l'examen direct des faits avec une tout autre physionomie, probablement plus conforme à la réalité. En tous cas, l'infixe *z* donné comme marque du pluriel dans *ils aiment* est plus vrai que ce qu'apprennent tous les écoliers de France et de Navarre, à savoir que le signe du pluriel est la désinence *-ent,* que personne ne prononce

Cette action inconsciente et collective du génie linguistique apparaîtra surtout à l'étude des évolutions du langage. Une langue est sans cesse rongée et menacée de ruine par l'action des lois phonétiques, qui, livrées à elle-mêmes, opéreraient avec une régularité fatale et désagrégeraient le système grammatical. Mais l'organisme ainsi compromis est reconstitué au fur et à mesure par l'action inconsciente et commune des sujets parlants, action qui tantôt conserve ce qui est en train de disparaître, tantôt recrée ce qui est déjà disparu.

Ainsi le latin a légué au français un paradigme de présent indicatif identique pour tous les verbes de la première conjugaison : *canto, cantas, cantat, cantamus, cantatis, cantant ;*

amo, amas, amat, etc. ;

intro, intras, intrat, etc.

Mais les changements phonétiques, qui ne tiennent aucun compte des catégories grammaticales, ont créé, en ancien français, dans ce type uniforme et commode, des différences inutiles et troublantes de radicaux et de désinences :

chant, chantes, chantet, chantons, chantez, chantent, mais : *aim, aimes, aimet, amons, amez, aiment* (radical diversifié), et : *entre, entres, entret, entrons, entrez, entrent* (désinence nouvelle de la 1re singulier).

Heureusement l'analogie (c'est ainsi qu'on désigne la tendance inconsciente à conserver ou recréer ce que les lois phonétiques menacent ou détruisent) a peu à peu effacé ces différences, en unifiant le radical du type *aimer* (*aim, aimons, aimez*), puis, en généralisant l'emploi de la première personne du singulier en *-e* (*chante, aime,* comme *entre*). Mais nouveau danger créé par l'usure des mots : les finales tendent à s'amuïr ; la distinction des personnes, confiée aux désinences, devient trouble. La conscience linguistique, flairant le danger, a chargé les pronoms sujets *je, tu, il,* etc., de caractériser les personnes verbales ; autrefois, ces pronoms étaient superflus ; ils ne servaient qu'à accentuer expressivement l'idée de personne (comme le latin le faisait par les formes *ego canto, tu cantas,* etc.) ; dès lors, ils quittent cette fonction accessoire pour en prendre une autre, régulière ; ils remplacent les désinences personnelles et deviennent peu à peu partie intégrante de la forme verbale (*je chante, tu chantes,* au lieu de *chante, chantes,* devenus inintelligibles). Mais alors, comment exprimer la différence entre pronom ordinaire et pronom accentué (cf. *canto* et *ego canto*) ? Par les pronoms *moi, toi, lui*, etc. ; ils sont devenus disponibles depuis que la langue n'a plus qu'un cas au lieu de deux pour les formes nominales et pronominales : on leur confie le rôle de pronoms-sujets accentués, et l'on crée les types : *moi je chante, toi tu chantes*, etc. ; en outre, des tournures syntaxiques se chargent de marquer des nuances analogues, par exemple : *c'est moi qui chante*.

On voit par cet exemple, dont j'ai schématisé à dessein la description, qu'il s'agit d'une perpétuelle dégradation due aux changements phonétiques aveugles, et qui est toujours ou prévenue ou réparée par une réorganisation parallèle du système.

Or, et c'est là que nous voulions en venir, de cette perpétuelle reconstruction, les individus n'ont aucune notion, et pourtant chacun pour sa part y travaille ; il y a entre eux une sorte d'accord tacite, dicté par le sentiment de la fonction du langage et de sa structure ; mais, de tout cela, nul ne pourrait rendre compte. Ce phénomène ne fait-il pas penser à une ruche d'abeilles qu'un apiculteur maladroit endommagerait sans cesse et que les diligentes ouvrières, guidées par un instinct aussi sûr qu'aveugle, reconstruiraient sur un plan tracé d'avance et ignoré de toutes ?

Telles sont les raisons pour lesquelles je pense que le langage naturel et spontané, instrument d'expression et d'action dans la vie réelle, mérite d'être étudié dans ce qui fait son essence, c'est-à-dire son contenu subjectif et affectif. C'est cet ordre de recherches que j'ai mis depuis bien des années à la base de mon enseignement universitaire et de mes publications. Mais ces recherches heurtent trop quelques-unes de nos conceptions traditionnelles pour ne pas soulever des objections J'ai essayé plus haut de répondre à celle qui veut que le langage soit régi par la logique, et crois avoir montré ce qu'il faut accepter et ce qu'il faut rejeter de cette hypothèse. En voici une autre, qui nous amènera à discuter une question intéressante.

LANGAGE NATUREL, LANGUE LITTÉRAIRE ET STYLE

Tout en admettant que le langage puisse porter les caractères décrits ici (affectivité et expressivité), beaucoup ne les cherchent et ne les trouvent que dans un type d'expression qui crée de graves malentendus : la langue littéraire. D'abord, on ne fait pas de distinction entre la langue littéraire consacrée et organisée, d'une part, et le style créateur, d'autre part (nous reviendrons sur ce point tout à l'heure). Comme la langue littéraire et le style naissent tous deux d'une vision esthétique des choses, l'objection dont il s'agit revient à prétendre que le langage naturel est incapable d'exprimer des sentiments, ou que, dès qu'il le fait, son expression devient littéraire. Il y a là un malentendu qui consiste à confondre une forme originelle du langage avec une forme dérivée, à confondre, en outre, le moyen avec le but. En d'autres termes : le langage naturel, on l'a vu, regorge d'éléments affectifs ; mais nulle part on ne constate une intention esthétique et littéraire dans l'emploi de ces expressions. Un gamin des rues emploie des mots pittoresques et façonne ses phrases d'une manière imprévue et piquante ; il fait du style sans le savoir. Mais il en est des effets expressifs du langage spontané comme de sa logique naturelle ; ce sont des moyens, — et le plus souvent inconsciemment employés, — jamais des buts en soi ; tout se ramène pour lui à la vie et à ses nécessités. Il faut donc retourner les termes du problème et se demander comment la langue littéraire est sortie du langage spontané ; on verra que cette dérivation s'est faite par la transformation du moyen en but.

C'est une question épineuse que celle des affinités existant entre la langue de tout le monde et le style d'un écrivain. Quelle est l'essence des procédés littéraires ? L'expression littéraire d'un grand écrivain est-elle séparée de son langage ordinaire par un fossé infranchissable ? Y a-t-il deux mentalités en lui, une mentalité « parlée » et une mentalité « écrite » ?

Quand on cherche l'origine d'un style, on s'attache ordinairement aux influences littéraires subies ; on cherche comment la tradition a formé l'écrivain, en quoi il l'a dépassée ; on l'apparente à ses prédécesseurs ou on le met en contraste avec eux ; on le place dans une école et un milieu. Fort bien ; mais est-ce là l'essentiel de l'intuition littéraire ? À bien regarder, que nous apprennent ces travaux de raccordement ? Ce qui, dans un auteur, appartient aux autres plutôt qu'à lui ; ce n'est pas son style qu'on pénètre, c'est la langue littéraire qu'on étudie à travers son style.

Langue littéraire et style : voilà une distinction qui mérite d'être faite soigneusement. La langue littéraire est une forme d'expression devenue traditionnelle ; c'est un résidu, une résultante de tous les styles accumulés à travers les générations successives, c'est l'ensemble des éléments littéraires digérés par la communauté linguistique, et qui font partie du fond commun tout en restant distincts de la langue spontanée. La langue littéraire a son vocabulaire (*glaive* pour *épée, senteur* pour *parfum, orée* d'un bois, *sente* pour *sentier,* etc.), ses clichés tout faits (*vendre chèrement sa vie, mordre la poussière*), une construction conventionnelle des phrases (*Je viens dans son temple adorer l'Éternel* ; *Poète, prends ton luth et me donne un baiser*). Vivant dans le passé, elle est naturellement archaïsante. Elle ne peut donc se confondre avec la langue usuelle ; quand celle-ci adopte quelque tour de la langue littéraire, c'est pour accentuer le contraste qui l'en sépare, et produire par là quelque effet plaisant ou ironique (*un aveu dépouillé d'artifice, l'enfance de l'art*). La langue littéraire a surtout une valeur sociale ; c'est un symbole de distinction, de bonne tenue intellectuelle, d'éducation supérieure ; la linguistique ne peut l'envisager autrement que comme l'une de ces langues spéciales dont il sera question dans la seconde partie de ce travail. À ce titre, elle vient se placer aux côtés de la langue administrative, de la langue scientifique, de la langue des sports, etc.

Mais, encore une fois, nous ne parlons pas d'analogies entre la langue parlée et la langue littéraire : elles n'existent pas ; c'est entre les créations du style d'un écrivain et les créations du langage spontané que nous croyons reconnaître certaines affinités secrètes. Sans doute, dans le langage, il n'y a jamais de création absolue, *ex nihilo,* et un examen un peu attentif fait toujours trouver dans la langue existante les modèles qui ont servi pour les formes nouvelles. Mais c'est précisément cela qui est intéressant ; ce sont ces créations qui nous font comprendre le mécanisme du langage. L'homme qui parle spontanément et agit par le langage, même dans les circonstances les plus banales, fait de la langue un usage personnel, il la recrée constamment ; si ces créations passent inaperçues, c'est que la plupart n'ont pas de lendemain, sont oubliées au moment de leur éclosion, et échappent à l'attention ; on a tort de les négliger ; si l'on y prenait garde, on verrait qu'elles se font au nom des tendances souterraines qui régissent le langage ; que ces créations spontanées se détachent sur le fond de la langue usuelle comme les créations de style se détachent sur le fond de la langue littéraire conventionnelle ; que ces deux types d'innovations, trouvailles spontanées du parler et trouvailles de style, dérivent d'un même état d'esprit et révèlent des procédés assez semblables. Cette recherche n'ayant pas été faite méthodiquement, il serait téméraire d'en donner les résultats ; je hasarderai un exemple : il y a effet de style ou recherche d'un effet dans des tours tels que : *l'horreur souterraine des charbonnages, le lacet blanc des routes*, où le substantif abstrait serait remplacé par un adjectif dans l'expression ordinaire (*les horribles charbonnages, les routes sinueuses et blanches*, etc.) ; n'est-ce pas la même tendance qui crée à tout instant des expressions familières comme : *une énormité de maison, une immensité de femme, un bijou d'enfant* ? La question à résoudre est précisément pourquoi, parmi ces expressions, les unes paraissent littéraires, et les autres familières.

Ce qui est certain, c'est que l'effort d'expression ne peut être différent dans sa source, qu'il s'agisse de la vie ou de l'art. Nous avons vu plus haut en quoi consiste l'expressivité : elle modifie l'expression existante en quantité ou en qualité (grossissement, rénovation, déformation, etc.). Aristote disait déjà de la langue littéraire qu'elle évite naturellement l'expression usuelle (τὸ κύριον) ; cela est tout aussi vrai de la langue spontanée sans prétention littéraire, et c'est là qu'est le point de contact entre les deux types d'expression.

Ce qui diffère, c'est le but et l'intention ; le résultat est différent parce que l'effet visé n'est pas le même. Ce qui est but pour le poète n'est que moyen pour l'homme qui vit et agit. Les procédés linguistiques de celui-ci ne servent qu'à extérioriser ses impressions, ses désirs, ses volontés ; l'action accomplie, le but est atteint. Le littérateur, lui, aspire à transposer la vie en fonction de beauté ; il veut projeter son émotion et l'objectiver, sans l'intellectualiser ; voilà, pour le dire en passant, ce qui distingue l'artiste de l'homme de science.

Le jeu, une des formes primitives de l'art, fait bien saisir la différence entre l'art et la vie. Le guerrier, qui manie ses armes en vue de se défendre ou d'attaquer, vise un résultat entièrement pratique ; lorsqu'en temps de paix, il prend plaisir à reproduire les mouvements qu'il exécutait dans le combat, il s'agit d'un jeu ; ce qui était un moyen devient un but ; il se produit une sorte de dédoublement de la personnalité et de l'action du sujet ; l'acte, tout en conservant sa note émotive, essentielle pour que l'illusion subsiste, s'est détaché de celui qui l'accomplit. Le guerrier est un acteur qui joue un rôle ; l'émotion qu'il a vécue naguère est désormais extérieure à sa personne.

Cette analogie principielle entre les créations de la vie et les créations littéraires apparaît surtout dans l'éloquence ; c'est par elle qu'il faudrait peut-être commencer cette recherche. Nul genre littéraire n'a plus d'affinités avec la vie et l'action ; le mobile est le même : agir, et agir par le sentiment. En fixant, en sténographiant la parole vraiment spontanée d'un grand orateur, on surprendrait sans doute quelques traits essentiels de ce fond commun à l'art et à la vie.

ENQUÊTE SUR LES FAITS D'EXPRESSION

Si les caractères attribués ici au langage ordinaire n'apparaissent pas clairement, c'est que les matériaux manquent encore pour les présenter systématiquement, et ces matériaux ne peuvent être que le résultat d'une enquête générale et désintéressée ; nous possédons un grand nombre de faits, mais presque tous ont été recueillis dans un autre esprit et un autre ordre.

Cette enquête devrait être entreprise sans idée préconçue, être purement descriptive et porter sur toutes les formes d'expression. Il faudrait rechercher des exemples nombreux de tous les types expressifs (expressions diverses du sentiment et de la volonté, modalités du jugement de valeur, formes affectées par la narration, l'explication, la description, etc.). L'enquête serait poursuivie à travers toutes les classes sociales, jusque dans les couches les plus basses de la population — dans celles-là surtout.

À aucun moment il ne s'agirait d'une étude des formes linguistiques envisagées en elles-mêmes, mais en rapport avec la pensée spontanée, dans toutes les circonstances où les sujets parlants ne songent pas à la manière dont ils parlent.

On a l'habitude de mépriser ces choses parce que, en les étudiant, on évite difficilement la langue populaire et l'argot. Mais songez aux patois : si l'on avait demandé à un savant, il y a cent ans, de faire la monographie du dialecte de sa région, il aurait haussé les épaules. Cependant, aujourd'hui, les patois sont étudiés avec passion et rendent des services importants à la linguistique. Les enquêtes auxquelles ils donnent lieu pourraient nous servir de modèles, pourvu que l'on évite une faute de méthode à laquelle elles pourraient conduire. Les recherches dialectales ont pris pour point de départ les sons, la prononciation ; ce que l'on désirait avant tout, c'était étudier sur le vif le jeu des lois phonétiques. Peu à peu seulement on a compris que les patois pourraient éclairer d'autres domaines de la linguistique ; mais on est resté peut-être trop attaché au point de départ, en sorte que, dans la masse énorme des faits livrés par l'enquête dialectale, on trouverait peu de choses à glaner pour l'étude qui nous occupe. Et pourtant nulle part mieux que là on ne surprendrait les caractères de l'expression spontanée

Il faudrait donc, si je puis dire, commencer par l'autre bout. C'est la pensée et la vie qui seraient prises comme fondement de toute la recherche. Dans ce milieu naturel du langage, qu'on pourrait découper en compartiments (en s'attachant à certaines circonstances de la vie, à certains rapports sociaux, en choisissant telle classe, telle occupation, etc.), on étudierait les types d'expression qui se présentent sous forme de contextes suivis, de conversations prises sur le vif, de récits, de développements de toute sorte. Ce n'est qu'insensiblement qu'on arriverait à envisager la forme des phrases, les types syntaxiques ; de la grammaire on passerait au vocabulaire (emploi des mots, changements de sens, emplois métaphoriques, créations de néologismes). En descendant jusqu'à la prononciation, on réglerait sur les mêmes principes que le reste cette dernière partie de l'étude ; c'est l'expression qui devrait la motiver, si bien que tout fait de prononciation qui ne symboliserait aucun fait de pensée (par ex. le timbre différent du son *e* dans *aimons* et *aimez*) serait écarté. Car il y a une prononciation expressive et symbolique ; elle est trop peu étudiée. Pour amorcer cette étude, on rechercherait la valeur expressive de certains sons et de leurs combinaisons ; on se demanderait par exemple pourquoi tant de mots pittoresques offrent en même temps des alliances de sons frappantes ou curieuse (*goguenard, gouailleur, cocasse*, etc.). Les patois et les parlers populaires sont à cet égard une mine de renseignements (cf. argot : *bataca, tocasson, birbasse, mistouflard, claquepatin, faridonneau*, etc.). On s'attacherait enfin aux modifications subies par la prononciation et l'accent sous l'influence de l'émotion ou dans une intention expressive (par exemple l'allongement des consonnes : *forrrmidable*, des voyelles : *la fooorme, l'administraaation*, la vocalisation des consonnes : *la plllainte du vent*, le déplacement de l'accent de mot : **co**lossal, **é**pouvantable, et de l'accent de phrase : *un gr**a**nd boulevard* [descriptif], mais *les grands boulev**a**rds* [à Paris]).

Ajouterai-je qu'on devrait étudier systématiquement les incorrections ? Elles ont leur raison d'être, et répondent tantôt à des nécessités, tantôt — et c'est cela qui nous importe — aux exigences de l'expression émotive. *Se rappeler de quelque chose* supplante peu à peu *se rappeler quelque chose* ; c'est que la construction « correcte » est inutilisable dans certains cas ; on peut dire : *Je me souviendrai de vous*, mais non : *Je me vous rappellerai*. Même remarque pour *préférer à* et *préférer que* (on peut dire : *Je préfère la mort à la servitude*, mais non : *Je préfère mourir à être esclave*). Autre exemple plus caractéristique : *on* supplante de plus en plus *nous* (*Je suis prêt, est-ce qu'on part ?*) : sans doute parce que, dans la première personne du pluriel *nous chantons*, le verbe a conservé une désinence spéciale et inutile, qui détonne avec celles de *je chante, tu chantes, il chante, ils chantent*, unifiées dans la prononciation. Le français, comme nous l'avons vu ([p. 46](#)), tend à marquer la distinction des personnes par les seuls pronoms sujets ; les désinences verbales faisant double emploi, il n'est pas étonnant qu'on cherche à les unifier, comme l'a fait l'anglais (cf. *I, he, we, you, they sang* ; *I, we, you, they sing* ; seule exception : *he sings*). La forme *on chante* répond à ce besoin d'unification. Le peuple conserve, il est vrai, le pronom *nous* comme pronom sujet accentué (*Nous on n'est pas des princes*) ; cela aussi est parfaitement rationnel ; en regard des formes si nettes : *moi je, toi tu, lui il, eux ils chantent*, la forme *nous nous chantons* est peu claire et peu harmonieuse ; *nous on* satisfait à la fois l'esprit et l'oreille.

Aussi c'est la langue de demain qui se prépare dans une foule d'incorrections ; plusieurs ont pris déjà une telle extension, que l'on peut presque escompter leur triomphe définitif ; qui sait s'il ne sera pas correct un jour de dire : *J'y ai vu* pour *J'ai vu cela* ? Peut-être *on* supplantera-t-il tout à fait *nous*. Quoi qu'il en soit, dresser la liste de ces formes et les décrire, ce serait faire une besogne des plus utiles pour les linguistes à venir : si parmi elles, les unes l'emportent, les autres restent sur le carreau, cela ne se fera pas sans raison ; que de renseignements précieux à tirer plus tard de ces faits, quand on pourra comparer, apprécier les résultats de cette lutte entre le passé et le présent !

Je cite au hasard quelques exemples montrant la signification des expressions incorrectes : liaisons incorrectes qui prouvent que des groupes s'agglutinent en unités lexicologiques (*des pot à eau, des souliers fait exprès*) ; emploi généralisé du relatif *que*, montrant la disparition graduelle de *lequel* et *dont* (*des choses qu'on a besoin, des choses qu'on peut pas aller contre*) ; incorrections intéressantes pour la psychologie du langage (*Il fait de plus en plus moins froid*), enfin et surtout incorrections dues à l'affectivité et à la tendance expressive (*Des feuilles comme ça minces. Il y a tout plein de fleurs dans ce pré. Je me suis toute salie ma robe. Vous avez votre chapeau plein de poussière. Le cortège aura lieu, pluie ou pas pluie*).

Mais dans le domaine de l'expression, il n'est pas de recherches plus intéressantes que celles que l'on fait, par introspection, sur son propre langage ; réfléchir sur les expressions qui viennent spontanément à l'esprit et à la bouche, cette forme d'enquête est non seulement la plus aisée et la plus sûre, mais c'est aussi la plus précieuse ; ce n'est que le parler individuel qui peut vraiment révéler les rapports entre la pensée et le langage. Le linguiste ne devrait donc négliger aucune occasion de noter scrupuleusement, jusque dans ses incorrections, les formes caractéristiques de son parler individuel, pour mieux se rendre compte des faits de pensée qui déterminent dans chaque cas, le choix ou la création des expressions qu'il emploie spontanément.

Telle est l'esquisse, très imparfaite, de ce que doit être selon moi une enquête sur les types expressifs et les procédés d'expression. Ne fût-elle que fragmentaire, elle récompenserait largement l'observateur, et elle ne serait pas perdue si elle avait pour unique résultat d'accroître son intérêt pour cette chose admirable et mystérieuse qu'est le langage humain.

DEUXIÈME PARTIE

L'ÉVOLUTION DU LANGAGE ET LA VIE

ÉVOLUTION ET PROGRÈS

Dans la première partie, j'ai essayé de montrer par quels liens indissolubles le langage est uni à la vie individuelle et sociale. Ces vues nous feront-elles comprendre aussi comment les langues évoluent ? Contribueront-elles à dissiper certaines idées erronées concernant cette évolution ? Personne ne doute plus que les langues changent d'une façon continue, et cette certitude est une grande conquête de la linguistique. Mais nous sommes encore trop portés à confondre évolution et progrès, changement et perfectionnement. Notre foi indéracinable dans le progrès nous incite à croire que le langage ne peut que se perfectionner ou décliner. Si nous abordons cette question, ce n'est pas qu'elle soit très importante en elle-même, mais elle nous permettra de serrer de plus près les caractères du langage naturel que notre étude précédente a fait ressortir.

Demandons-nous donc successivement pourquoi nous confondons le progrès des langues avec leur évolution, ce qu'il faut entendre par progrès linguistique, enfin, si l'on a des indices certains d'un semblable progrès, soit dans les langues étudiées séparément, soit dans le langage humain pris en bloc. Je ne prétends pas embrasser dans toute son ampleur un sujet qui exigerait une érudition supérieure peut-être aux forces humaines ; mon seul but est de dénoncer des préjugés et de dissiper des malentendus qui perpétuent certaines erreurs de méthode dans l'étude du langage.

La faute en est au subjectivisme que nous apportons à l'examen de ces questions. Ce qui nous empêche de juger impartialement le progrès linguistique, c'est que le progrès est une croyance avant d'être une réalité. La foi dans le progrès est une nécessité vitale ; l'idée de transformation pure et simple nous répugne ; rien de plus décourageant pour l'esprit humain que la doctrine du πάντα ῥεῖ. Il nous est difficile de constater qu'une chose change sans mêler un peu de nous à l'idée de ce changement. C'est que nous ne voyons guère la réalité telle qu'elle est ; elle nous apparaît en fonction de nous-mêmes ; nous lui attribuons des valeurs ; changement signifie pour nous progrès ou régression. Ce n'est pas tout : le progrès étant un besoin de notre nature, non seulement nous le supposons là où il n'existe pas, mais, quand il existe, nous le généralisons ; de là cette erreur que nous retrouverons dans la question du progrès linguistique : nous imaginons qu'il y a progrès ou recul dans la totalité de l'objet considéré, alors qu'il peut y avoir avance sur certains points et régression sur d'autres.

Le langage n'échappe pas à ces diverses interprétations erronées, et c'est surtout notre langue maternelle que nous jugeons subjectivement. Elle fait partie de nous-mêmes ; expression de notre vie, de notre personnalité, elle ne peut se modifier sans que nous attachions un sens à ce changement. Chose bizarre : dans une communauté linguistique, bien peu d'individus se rendent compte de l'évolution de la langue, puisqu'elle se fait, nous l'avons dit, inconsciemment et collectivement ; et pourtant presque tous croient que les destinées de cette langue dépendent de la volonté humaine, qui peut la perfectionner ou la corrompre. Nous croyons à la perfectibilité de la langue maternelle comme nous croyons à sa supériorité sur les autres idiomes. Peut-être, en discutant cette seconde croyance, verrons-nous mieux la valeur à accorder à la première.

En fait, quand nous comparons deux langues, nous avons peine à nous dire simplement qu'elles présentent entre elles des différences et que ces différences reflètent des mentalités diverses. Là encore nous introduisons dans l'examen des notions de valeur. Pour la plupart des gens, les langues sont, *a priori*, supérieures les unes aux autres, sous le rapport de l'harmonie, de l'expression, de la clarté, de la logique, etc. Mais ces critères sont subjectifs ; c'est notre langue maternelle que nous prenons pour norme ; comment ne pas lui donner la préférence, au moins inconsciemment, puisqu'elle est un peu nous-mêmes et inséparable de notre vie ?

Ce qui nous frappe surtout dans un idiome étranger, c'est son système phonique, la nature de ses sons, le vêtement musical des mots. C'est là que notre subjectivisme s'étale ; un « accent » étranger plaît ou déplaît dans la mesure où il s'harmonise avec le nôtre. Le Russe chante en parlant : cela paraît bizarre à ceux dont la langue n'a pas d'accent de hauteur ; les Français ont peine à digérer les sons gutturaux de l'allemand (*Ach ! Komm !*) ; nous nous moquons de la diphtongaison des voyelles anglaises, qui nous font penser à des miaulements (*Why and how have I bound my mule ?*) ; le nasillement des Yankees nous agace, et ainsi de suite.

Mais voici qui est plus curieux : le son fricatif de *ach !* nous choque chez les Allemands et nous charme chez les Espagnols ; pourquoi ? Nous touchons là à un préjugé autrement grave et bien plus tenace ; il consiste à juger une langue d'après le peuple qui la parle, et ce peuple lui-même, cela va sans dire, nous le jugeons sommairement d'après un petit nombre de principes populaires et conventionnels. Les sons gutturaux de l'allemand nous rappellent la « rudesse germanique » ; l'accent marseillais ne ferait pas rire si, en l'entendant, nous ne pensions à quelque galéjade. Que dire des jugements analogues portés sur des langues disparues ! On croit fort et ferme à l'harmonie du grec ancien, qui a pourtant connu les affriquées gutturales du suisse allemand ; les Hellènes actuels aimeraient mieux parler le turc que le grec prononcé à la Périclès. Beaucoup de langues sauvages nous paraissent telles parce qu'elles sont parlées… par des sauvages ; et les sauvages nous paraissent tels, Montaigne l'a déjà dit, parce qu'ils ne portent pas de hauts de chausses.

Il en est de même des formes d'expression : nous avons peine à nous figurer que des gens puissent rendre normalement leurs pensées par des procédés très différents des nôtres. Que dirions-nous d'une langue où l'on pourrait entendre des phrases telles que : *Moi malade, Maître pas gentil, Chien bonne bête* ? Nous traiterions cette langue d'idiome barbare, de « petit nègre » ; mais il se trouve que c'est aussi d'excellent russe, et le russe passe pour être une langue de civilisation.

Pour échapper à ce subjectivisme, il faudrait posséder une norme ; peut-être en aurions-nous une si nous savions ce que c'est que le progrès.

Qu'est-ce que le progrès ? Pour les uns, c'est l'amélioration des conditions matérielles de l'existence, le développement de la technique ; c'est la machine à vapeur, le télégraphe, l'aéroplane, la mitrailleuse à tir rapide. Pour d'autres le progrès réside dans le développement des cerveaux et des cœurs à travers les générations, dans une vie plus complète, plus profonde, dans l'harmonie sociale des désirs et des croyances. Pour d'autres, c'est simplement plus de bonheur. Quelle commune mesure y a-t-il entre ces diverses conceptions ? Qui pourrait prouver que plus de bien-être rend meilleur, que la civilisation, en accroissant nos besoins et en exaspérant notre sensibilité, nous rapproche d'une humanité idéale ?

En matière de langage aussi il y a un progrès matériel et un progrès idéal. Une langue peut acquérir des mots nouveaux pour exprimer les formes nouvelles de la civilisation et de la pensée, notamment celles qui lui viennent du dehors ; cet enrichissement superficiel est-il un progrès réel, intérieur ? Le chinois s'est-il perfectionné parce qu'il a appris à désigner un canon, un dirigeable, un député ? S'agit-il même de changement proprement dit ? Il semble qu'il n'y en ait que lorsque le système grammatical est modifié, lorsqu'il s'enrichit d'une forme nouvelle, telle que l'article, ou lorsque l'ordre des mots dans la phrase, libre jusqu'alors, devient fixe, et ce changement ne peut être appelé progrès que lorsqu'on a des raisons valables de juger le nouvel état supérieur à l'ancien ; voilà le progrès idéal ; mais est-il vraiment jamais possible ? D'après quel critère le juger dans chaque cas ? Ce critère sera-t-il littéraire, logique, social ?

On entend dire couramment que les auteurs de la Renaissance ont enrichi le français, que les classiques du XVIIe siècle, en l'épurant, lui ont donné plus de clarté et de précision, que le romantisme l'a affranchi, en lui permettant d'exprimer toutes les nuances de l'émotion. Comme si tout cela pouvait s'appliquer au français en tant que système linguistique ! Inutile de dire qu'il s'agit, non d'une comparaison, mais d'une confusion entre la langue parlée et la langue littéraire. C'est pourtant un funeste préjugé de croire qu'une langue est en progrès parce que sa littérature est prospère ; tout au plus pourrait-on dire que le perfectionnement de la langue et l'abondance des chefs-d'œuvre littéraires sont deux manifestations indépendantes d'un même fait, le haut degré de civilisation atteint par un groupe social ; mais il serait téméraire d'affirmer que l'une ne peut se produire sans l'autre.

Bref, le langage ne poursuivant pas d'idéal esthétique (v. p. 48), le critère cherché dans la production littéraire est sans valeur.

PROGRÈS LOGIQUE ET NÉCESSITÉS
DE L'EXPRESSION

Le langage, avons-nous vu, ne poursuit pas davantage un idéal logique ; on a lu (p. 36) ce qu'il faut penser de la logique du langage ; si le progrès devait se faire dans ce sens, les langues internationales telles que l'espéranto et l'ido seraient un avant-goût de ce que sera une langue parfaite ; mais aucun idiome ne s'achemine vers ce type linguistique. Quiconque se rend compte des nécessités imposées au langage par les sentiments et l'action comprend combien un pareil idéal est chimérique. Il n'est pourtant pas inutile d'entrer dans quelques détails à ce sujet.

La première condition que la logique pose au langage, c'est d'être clair et d'éviter l'ambiguïté ; pour cela, il faut, autant que possible, que chaque signe n'ait qu'une valeur et que chaque valeur ne soit représentée que par un signe ; qu'un mot, par exemple, n'ait qu'un sens, et que chaque idée n'ait qu'un mot pour la représenter ; que les préfixes et les suffixes aient chacun une fonction bien vivante et une seule ; qu'il en soit de même des signes grammaticaux, désinences, pronoms, particules, etc. C'est le principe d'*univocité*. Il ne s'agit pas là positivement d'une chimère ; les langues internationales sont basées là-dessus : preuve indirecte que les langues ordinaires ne s'en rapprochent pas assez. Une langue satisferait aux besoins intellectuels de la pensée si elle tendait au moins habituellement dans cette direction ; mais c'est l'exception plutôt que la règle.

Comment en serait-il autrement ? Le langage est une construction qui se fait et se défait sans cesse, et les survivances du passé font la plupart du temps double emploi avec les créations nouvelles.

On peut objecter que, en dehors des langues internationales, la langue scientifique cherche à se conformer au principe d'univocité. Mais c'est précisément ce qui l'éloigne du langage de la vie. Les sciences naturelles ont des noms pour toutes les bêtes de la création ; le style d'une démonstration mathématique est entièrement logique ; mais les noms que forge la science sont ou bien inintelligibles pour le vulgaire, tant les choses désignées sont spéciales (*ischiocèle*, *lipôme*, etc.), ou bien, pour entrer dans le langage ordinaire, ils doivent s'adapter à lui en perdant quelque chose de leur sens définitionnel et en s'affectivant (voyez, par exemple, ce que le langage courant a fait des mots *philosophie*, *idéalisme*, *casuistique*, *métaphysique*, etc.). Construisez vos phrases en parlant comme si vous démontriez un théorème de géométrie : on rira ou on bâillera.

Dans le langage journalier, il n'est pas un mot qui n'ait plusieurs sens et ne prête à la confusion ; on ne sait jamais exactement ce que c'est qu'une *table*, puisqu'il y a des tables à écrire, des tables de logarithmes, etc. ; une *colonne* (colonne de temple, de journal, etc.), un *ouvrage* (ouvrage manuel, en dix volumes, etc.), *jouer* (du piano, aux cartes), *relier* (un livre, deux objets), *essuyer* (un meuble, une tempête), et ainsi de suite.

Bien que dans la pratique les confusions soient évitées grâce au contexte et à la situation, le vocabulaire suffit à montrer que le langage ne progresse pas dans le sens de la clarté logique.

Et la pluralité des fonctions grammaticales ? Voilà qui est beaucoup plus grave. Il semble par exemple que la distinction entre le singulier et le pluriel soit une notion de tout repos (*un chien, des chiens*). Mais dès que l'on dit : *Le chien est l'ami de l'homme,* nous voilà désorientés ; n'y aurait-il qu'un chien dans toute la création ? Notre esprit partage le temps en trois tranches : le passé, le présent, l'avenir ; les temps de nos verbes semblent refléter cette distinction. Mais prenons le présent du verbe *arriver* : dans *J'arrive maintenant,* il s'agit bien du temps présent, mais dans *J'arrive à l'instant,* on parle au passé (= Je viens d'arriver) à moins que ce ne soit au futur (= Je vais arriver) ; c'est le passé que désigne le présent historique (*Hier soir j'arrive, je frappe à la porte, personne ne répond,* etc.). Dans une dépêche : *J'arrive demain* se rapporte à l'avenir ; sans compter que, quand on dit : *Le Rhône coule à Genève,* on donne à entendre qu'il coule, a coulé et coulera. C'est un dédale, mais un dédale où nous nous retrouvons fort bien ; seulement ce n'est pas la logique qui est notre fil d'Ariane.

L'observation la plus superficielle montre qu'il n'y a pas là une anomalie, mais un phénomène constant. L'histoire de quelques faits nous apprendra que les nécessités de l'expression, c'est-à-dire de la vie, sont plus impérieuses que celles de la logique ; l'expression évite la notation exacte des faits et pousse à des créations incessantes ; en effet rien ne s'use autant que ce qui est expressif ; de là l'obligation de toujours innover. Nous avons vu (p. 26) qu'il est impossible d'extérioriser un sentiment et d'agir par le langage sans déformer les idées ; rappelons l'exagération (*On ne voit que lui. — On n'arrive pas plus à propos*), l'expression par le contraire (*Vous voilà dans un joli état*) et surtout la métaphore, dont la langue fait une consommation fantastique (p. ex. pour pleurer : *verser, répandre des larmes*, remplacé littérairement par : *verser un ruisseau, un torrent de larmes, fondre en larmes*, dans la langue familière par : *pleurer comme une fontaine*, et en argot par : *pisser de l'œil, gicler des mirettes*). Les images restent les mêmes, les expressions changent : la *sagacité* a désigné d'abord l'odorat du chien de chasse ; maintenant que cette figure est morte, on dit d'un homme perspicace *qu'il a du flair* ou *du nez*. Depuis longtemps *ennuyer* ne suffit plus à la langue populaire ; *embêter* est déjà à moitié inexpressif ; il a fallu créer successivement *assommer, scier, canuler, raser, barber, tenir la jambe*, sans compter les locutions qu'on ne peut imprimer.

La pensée pure peut faire progresser le langage dans le sens intellectuel ; la science et la philosophie déteignent sur lui ; le livre et le journal, répandus à profusion, font pénétrer jusque dans la masse la langue écrite, plus réfléchie, plus logique que la langue parlée ; mais pour que celle-ci subît entièrement ces influences, il faudrait qu'elle renonçât à exprimer la vie.

L'histoire des mots les plus simples montre combien cela est impossible. Le latin *caput* avait pénétré en ancien français sous la forme *chef* ; mais, dès le latin vulgaire, il avait un redoutable concurrent dans *testa* (proprement « pot ») ; *tête* a fini par supplanter *chef* ; mais à son tour il vieillit ; il n'est plus expressif ; il ne suffit plus quand il s'agit de parler de la tête familièrement, comiquement, injurieusement. Le peuple recourt à des mots tels que *bille*, *boule*, *caboche*, *citron*, *citrouille*, *ciboulot* ; tous guettent la succession de *tête* ; lequel y parviendra ? On ne peut encore le dire ; mais quand ce sera fait, le même petit jeu recommencera. Une impression très nette ressort de l'histoire de la plupart des mots usuels : ils n'ont pas été créés avant tout pour désigner les choses simplement et clairement.

Donner aux objets des noms exacts et non équivoques, c'est le propre de la science, de la technique, non du langage courant ; aussi, rien de plus curieux que les transformations subies par les termes scientifiques quand ils passent dans l'usage journalier pour exprimer des choses de la vie réelle.

D'abord la langue commune cherche à les digérer ; si elle n'y arrive pas, elle les repousse, ou bien elle les garde pour s'en amuser et les tourner en ridicule. « Votre fille, dit Sganarelle, est muette parce qu'elle a perdu l'usage de la parole, et la cause en est l'empêchement de l'action de la langue… causé par *de certaines humeurs qu'entre nous autres savants nous appelons humeurs peccantes*, d'autant que les vapeurs formées par les exhalaisons des influences qui s'élèvent dans la région des maladies… ont une certaine malignité causée par l'âcreté des humeurs engendrées dans la concavité du diaphragme… *ossabundus, néquies*, etc. » C'est ainsi qu'un grand nombre de mots ont passé dans la langue avec des nuances comiques ou péjoratives (p. ex. *énergumène, élucubration, pérorer, sophistiquer*, etc.).

Quand le parler ordinaire ne peut se passer de mots rébarbatifs appliqués à des choses devenues usuelles, il les taille à sa mesure, les tronque, les décapite ; un mot trop long ne saurait être d'un usage régulier ; aussi ces mutilations, quoi qu'en disent les puristes, paraissent aussitôt naturelles : *automobile, vélocipède, chemin de fer métropolitain* deviennent *auto, vélo, métro* ; on dit *la R. P.* pour *la représentation proportionnelle*, et l'on est *erpéiste* ou *anti-erpéiste*.

Le plus souvent les mots savants, ainsi que les choses auxquelles ils correspondent passent dans l'usage grâce aux impressions qui s'en dégagent, plus que par leur sens exact ; en désignant d'une façon imprévue des idées banales, ils servent les besoins de l'expression. Ainsi les adjectifs *infini, illimité, incommensurable, colossal, monumental, microscopique, imperceptible, impondérable, infinitésimal* sont devenus à peu près usuels ; mais pour cela ils ont dû dépouiller leurs sens compliqués et prendre celui de « très grand » ou « très petit », et la langue les a adoptés pour rendre ces idées incolores avec des nuances plus affectives et plus expressives.

Cette transformation est la rançon du passage d'un terme technique dans la langue parlée ; elle est bien caractéristique de la nature de l'une et l'autre forme d'expression : la science vise à nommer sans équivoque des choses précises, sans immixtion de jugement subjectif ou de sentiment ; la langue courante renverse les termes : elle veut des mots représentant des idées simples, faciles à manier, mais elle y ajoute sans cesse des valeurs subjectives et affectives. On retrouvera aisément ce double caractère (simplicité de l'idée et valeurs ajoutées) dans l'emploi figuré des mots suivants : le *prisme* de l'imagination, un *embryon* de système, un zèle *apostolique*, perdre son *centre de gravité*. Il n'est pas jusqu'aux éléments formatifs qui ne suivent ce mouvement : *archi-* et *ultra-* sont des préfixes d'origine et de formation savantes ; voyez ce qu'ils sont devenus dans *archicomble, archifou, archimillionnaire, ultradécolleté, ultrarepu,* sans compter les *ultras* de la Restauration

Toutes ces expressions s'useront à leur tour, comme *chef* et *tête* ; il faudra les remplacer, aux dépens de la logique et du bon sens, pour satisfaire les besoins tyranniques de la vie et de l'action. Ainsi *ultra-* se décolorera comme *très* dans *très heureux*, qui produisait autrefois le même effet (*très* vient du lat. *trans*, synonyme de *ultra* « au-delà »).

Ce que nous disons des mots savants s'applique naturellement à tous les termes désignant des choses distantes de la vie journalière, termes mythologiques (cf. *regagner ses pénates*), mots rappelant des faits relatifs à des civilisations disparues (*des agapes fraternelles, les célestes phalanges*).

La syntaxe, elle aussi, ne cesse de s'enrichir de formes affectives qui s'intellectualisent ensuite. Une phrase prédicative comme : *Ce tableau est très beau* ne suffit plus pour marquer l'intensité de l'admiration (voir plus haut ce qui a été dit de *très*) ; les variantes exagératives *extrêmement, excessivement beau, admirable, incomparable, merveilleux* ne concernent que le vocabulaire ; mais dire qu'un tableau est *un chef-d'œuvre, une merveille*, c'est déjà entamer la grammaire logique, car l'idée prédicative est rendue illogiquement par un substantif. Que dire du renversement de l'ordre sujet-prédicat, obligatoire dans les jugements logiques : *Il est admirable, ce tableau !* et de la suppression de la copule, signe naturel de ces jugements : *Quelle merveille, ce tableau ! Est-ce beau, ce tableau ! La belle chose que ce tableau !* Or rien n'empêche que ces tournures ne deviennent, avec le temps, des types de phrases purement intellectuels ; c'est ce qui est arrivé p. ex. à la forme *c'est... qui, c'est... que* (*C'est moi qui ai fait cela*) ; elle a été fortement expressive à l'origine, elle a fini par ne plus marquer qu'une distinction logique. Mais voici que, sous la poussée affective, ce tour redevient expressif, avec un autre sens et une autre intonation ; on entend déjà dire familièrement : *C'est ce tableau qui est beau !* au lieu de

« Il est très beau ». Preuve évidente que les formes de syntaxe, comme les mots, doivent servir, dans le langage naturel, à l'expression affective des idées, et que, intellectualisées par le temps et l'usage, ne suffisant plus à leur fonction véritable, elles sont remplacées par d'autres, que le langage met au service de la vie.

TENDANCE ANALYTIQUE ET TENDANCE EXPRESSIVE

On considère généralement comme un critère du progrès linguistique la tendance générale des langues à devenir analytiques ; en effet, comme on va le voir, cette tendance est une application du principe d'univocité décrit plus haut (p. 73) ; mais il ne sera pas difficile de voir qu'au cours de l'évolution cette tendance analytique est constamment contrariée par la tendance expressive.

Sans doute, toute compréhension repose sur l'analyse ; chacune de nos pensées est comme une fusée qui jaillit d'un seul élan des ténèbres de l'intuition et s'éparpille en étincelles lumineuses ; ces étincelles sont les éléments séparables de la pensée et les éléments de la phrase ; les cendres sont les mots et les signes grammaticaux catalogués dans les dictionnaires et les grammaires. Cette analyse peut devenir habituelle et obligatoire pour les sujets parlants, et plus elle l'est, plus la langue satisfait aux besoins de la compréhension ; les langues qui se rapprochent le plus de cet idéal sont appelées langues analytiques.

Disons d'abord que cette dénomination est ambiguë. En donnant une importance exagérée aux mots découpés par l'écriture, on est porté à croire que la tendance analytique ne se réalise pleinement que lorsque chaque mot ou chaque signe forme un élément libre ; or la division des mots par l'écriture n'est pas essentielle dans cette question ; elle est souvent un trompe-l'œil qui fait croire à un progrès linguistique dans bien des cas où une tendance opposée est en jeu. On prétend par exemple que le latin est plus synthétique parce qu'il est flexionnel, et le français plus analytique, parce qu'il indique les rapports grammaticaux par des particules « indépendantes » ; on croit que *corpus hominis* est plus synthétique que *le corps de l'homme* (à cause de la particule *de*, soi-disant distincte du substantif *homme*) ; c'est une idée erronée, et, en tout cas, la distinction n'est pas une marque de l'intellectualité plus ou moins grande de l'expression. L'essentiel est que chaque idée et chaque aspect de l'idée aient leurs symboles distincts. Or dans *hominis* le symbole-relation du génitif (-*is*) et le symbole-idée (*homo*) sont tout aussi distincts que dans le français *de l'homme* ; la façon dont le symbole grammatical (-*is*, *de*) est mis en relation avec le symbole lexicologique (*homo*, *homme*) importe fort peu pour la clarté. Les futurs lat. *amabo* et français *j'aimerai* sont tout aussi analytiques que l'anglais *I shall love* ; dans tous, les éléments de l'idée sont également séparables ; c'est aussi bien le cas pour lat. *-bo* que pour franç. *-rai* et angl. *I shall* ; seule la superstition du mot isolé par l'écriture conventionnelle peut fausser la vue de cette identité (cf. encore fr. *je chante* et lat. *canto, où fr.* je *: fr.* chante = *lat.* -o *: lat.* cant-*).*

Reprenons maintenant la question du futur pour montrer que la répartition d'une idée en mots distincts peut provenir de tout autre chose que la tendance à l'analyse. Soit le futur latin *intrabo,* où la notion de futur est marquée d'une façon analytique et intellectuelle *bo* (*intra + bo*). Le latin vulgaire remplace cette forme par *intrare habeo.* C'est ce genre de formes que l'on a l'habitude d'appeler analytique : à tort ; car, lors de sa création, le type de futur en *habeo* a voulu rompre avec la forme purement intellectuelle et exprimer un élément subjectif impliqué dans l'idée de futur (devoir, obligation, nécessité). À ce moment *habeo* n'a pas eu la valeur d'un pur signe indiquant l'avenir ; c'était un mot distinct, significatif, à sens concret (*intrare habeo* = à peu près « il me faut entrer »). Autre point important : au moment de sa création, *habeo* a eu sans doute plusieurs concurrents ; car c'est le propre des créations expressives d'être diverses (voyez plus haut ce qui a été dit du mot *tête*) ; il a donc fallu qu'il élimine peu à peu les autres formes (peut-être *debeo, volo, convenit,* etc.). Alors seulement il a pu être identifié avec la notion intellectuelle du futur ; il a graduellement fait corps avec l'infinitif précédent et a été compris comme un signe pur et simple de ce temps. Agglutiné au radical, il conserve son autonomie psychologique et grammaticale, et se prête à toutes les combinaisons possibles du même type. Tel est le propre des signes grammaticaux purs ; car si l'agglutination est complète pour le sens, on sait que le résultat est un mot sans vertu créatrice (comparez : *pleurer de rage*, où *de* a une valeur grammaticale, avec : *tout de suite*, où *de* est fondu dans le complexus, mot pur et simple dont rien ne peut être détaché et reproduit analogiquement).

La transformation de *habeo* en outil grammatical est consommée dans la forme entièrement suffixale du futur français en *-ai* (*j'entrerai*) ; c'est là qu'il faut chercher le point d'aboutissement de l'effort intellectuel et analytique, nullement dans la création *intrare habeo*. (À remarquer seulement que, pour la conscience linguistique actuelle, le signe du futur est *-rai* et non plus *-ai*).

Mais voici qu'à son tour ce futur est battu en brèche ; il est insuffisant pour les besoins de l'expression affective, et plusieurs formes périphrastiques aspirent à lui succéder (*je vais entrer, je veux entrer*, et, provincialement : *il veut pleuvoir* ; *il doit venir à cinq heures, j'ai à vous parler*, etc.) ; aucune n'a triomphé définitivement. Si c'est l'auxiliaire vouloir qui devient plus tard le symbole du futur, il passera sans doute par les étapes qu'a franchies le futur du grec moderne : de ὑπάξω on a passé à θέλω ἵνα ὑπάγω, et, par condensation successive, cette forme est devenue θένα πάω, θα πάω, où θα n'est plus qu'un préfixe. Dans tous les cas, les formes *habeo, je veux*, θέλω sont des produits de la pensée émotive et active, nullement de la pensée intellectuelle et analytique. Les formes périphrastiques du futur proviennent d'une conception subjective de l'avenir, que nous imaginons surtout comme la portion du temps réservée à nos désirs, nos craintes, nos résolutions et nos devoirs. Ainsi, contrairement à la doctrine traditionnelle, *intrabo* et *j'entrerai* semblent plus intellectuels que *intrare habeo* et *je veux entrer*.

L'histoire des adverbes français en *-ment* est exactement parallèle. Le latin offre des adverbes de manière en *-e* (*clare*) et en *-ter* (*fortiter*), sans valeur expressive. Les besoins de la vie et de l'action font surgir, à côté du type normal, des adverbes à valeur concrète (*clara mente, forti animo, passibus æquis*, etc.) ; par leur nombre et leur vivacité, ils battent en brèche les adverbes réguliers et les font peu à peu oublier ; mais la diversité des formations est un principe de désordre ; les besoins de la compréhension reprennent leurs droits. En latin vulgaire, *mente* triomphe de ses concurrents, précisément parce qu'il prend une valeur de plus en plus logique et grammaticale ; puis il devient purement suffixal dans fr. *-ment* (*clairement, fortement*). De nouveau l'expression ne se contente plus de ce moyen, elle crée des formations telles que *marcher d'un pas tranquille, d'un pied rapide, parler à voix basse, crier à tue-tête*, etc. De toutes ces formations, qui feront oublier l'honnête suffixe *-ment*, l'une triomphera de nouveau, et… tout sera à recommencer.

L'évolution apparaît dès lors sous un aspect assez différent : les langues évoluent sous l'action de deux tendances contraires : la tendance expressive, qui enrichit la pensée d'éléments concrets, produits de l'affectivité et de la subjectivité du sujet parlant, et qui reflète dans la langue ces éléments nouveaux par la création de formes, spécialement de mots ; d'autre part, la tendance intellectuelle et analytique, qui élimine les aspects de la pensée restés étrangers à l'idée pure, et diminue le volume des éléments linguistiques en faisant d'une partie d'entre eux des signes grammaticaux. La tendance expressive travaille pour le vocabulaire, et la tendance analytique pour la grammaire. Une forme linguistique évoluant à travers le temps peut être comparée à un accordéon qui tantôt se distend et tantôt se replie.

TENDANCE ANALYTIQUE ET CHANGEMENTS PHONÉTIQUES

Envisageons maintenant le cas où la tendance intellectuelle (considérée comme indice de progrès) est contrecarrée par des changements phonétiques.

On reconnaît généralement que l'article (par exemple grec ὁ ἄνθρωπος, par opposition à ἄνθρωπος) et plus encore la distinction entre l'article défini, indéfini et partitif (français *le pain, un pain, du pain*), sont des conquêtes de l'intelligence. Les Russes disent : *Chien bon animal, Chien ami d'homme*, de sorte que, en dehors d'un contexte déterminé, on ne sait pas si l'on veut parler de tous les chiens ou seulement de Turc ou de Médor, si *homme* désigne l'humanité tout entière ou un individu particulier. Mais remarquons, entre parenthèses, que le latin s'est fort bien passé d'article et n'en reste pas moins un modèle de langue exacte, celle où le droit a reçu sa forme classique. Les Peaux-Rouges Dakotas se sont octroyé un article défini et un indéfini, tout comme le français ; pourtant les langues américaines ne passent pas pour des idiomes idéalement logiques et analytiques. Il est curieux aussi que le français ait créé ses articles à une époque de demi-barbarie, où les fines nuances d'idées n'étaient guère à l'ordre du jour. Mais concédons le caractère logique de l'article et posons-nous une question d'un autre genre : puisque le français s'est donné un article défini et un indéfini, ces signes grammaticaux conserveront-ils leur valeur ? Les grammaires continuent à nous le faire croire, mais la réalité actuelle ne paraît pas leur donner entièrement raison. Par suite de changements phonétiques affectant les finales, l'article est employé de plus en plus à une fonction de première nécessité, mais pour laquelle il n'avait pas été créé : la distinction du singulier et du pluriel. Dans l'immense majorité des cas, le français ne peut la faire que par l'article. Par eux-mêmes, des mots tels que *table, chaise, homme, femme, route, arbre, âme*, etc., ne portent pas en eux la marque du nombre, car l'-*s* du pluriel s'est amuï et (abstraction faite, bien entendu, de l'orthographe) ne se reconnaît plus que dans quelques liaisons (*hommes intelligents, femmes aimables*), qui tendent à disparaître et sont par nature d'un emploi restreint. C'est donc à l'article que la langue recourt pour faire cette distinction, à laquelle il ne contribuait autrefois que par surcroît (vieux fr. *la table, les tables* avec *s* prononcés), mais qui, aujourd'hui, lui incombe entièrement (*la table, les tables ; une table, des tables*) ; il s'ensuit que les articles s'agglutinent de plus en plus aux substantifs (*les hommes*) ou aux groupes substantifs (*les grands hommes*). Comme il a été dit plus haut à propos du futur, il pourrait bien résulter un jour de cette agglutination un préfixe grammatical désignant le nombre. Par quoi marquera-t-on, à ce moment, les déterminations exprimées par l'article ? Sans doute, il reste la distinction entre *l'homme* et *un homme* ; mais sera-t-elle assez forte pour maintenir les articles dans leur ancien rôle ? Il en est des organes linguistiques comme des organes corporels : ils ne peuvent fournir qu'une somme déterminée de travail, et si leur effort est concentré sur une fonction nouvelle, l'ancienne fonction ne saurait plus être remplie avec la même régularité.

Or, pour l'article, cette nouvelle fonction n'est pas la seule ; voici qu'il sert à distinguer les genres, surtout l'indéfini (*un ami, une amie*, plus clair que *l'ami, l'amie*). Cette fonction, il l'a toujours eue accessoirement, comme celle de distinguer les nombres ; mais elle est devenue tout à fait absorbante depuis que les finales des mots ne marquent plus cette différence. En latin, il était possible d'assigner, par leur finale, le genre féminin aux mots qui sont devenus en français *rose, femme, table, tuile, règle, eau*, etc. ; la terminaison *-a* suffisait pour cela ; mais dès l'ancien français, par suite de confusions créées par les changements phonétiques, cette finale a cessé d'être significative (cf. *rose* et *père*) ; actuellement *table, rose*, etc., sont aussi peu reconnaissables comme féminins que *homme, four, mur, souffle* le sont comme masculins. Notez que la distinction des genres est un luxe linguistique, sans relation avec la logique ; il n'y a aucune raison pour que *table* soit du féminin plutôt que du masculin ; le soleil est masculin en français et féminin en allemand ; pour la lune c'est le contraire. L'anglais ne distingue pas les genres et il ne s'en porte pas plus mal ; on sait que les langues internationales abandonnent également cette distinction, jugée inutile. Et voilà à quoi servent les articles en français moderne !

Le français pourra les recréer, s'il continue à en sentir le besoin ; mais il pourra aussi en perdre l'habitude. L'arabe avait, comme lui, ses deux articles : il n'a gardé que le défini ; ce qui correspondait à l'autre (la nounification) n'a plus qu'une valeur orthographique. Si d'ailleurs le français se refait ses articles, il faudra peut-être plusieurs siècles pour cela (combien de temps n'a-t-il pas fallu pour que le lat. *ille* devienne l'article *le* !) ; n'assistons-nous pas ici, comme dans tant d'autres cas, à un véritable travail de Sisyphe, à une patiente restauration des ruines accumulées par les changements phonétiques ? Quel loisir reste-t-il à la langue pour des progrès définitifs ?

L'ÉVOLUTION SOCIALE ET LE LANGAGE

Cherchons dans une autre direction une confirmation de la thèse progressiste. Puisque le langage est au service de la vie sociale, peut-être répond-il toujours plus à un idéal social ? Peut-être trouve-t-il au moins, dans la poursuite de cet idéal, moins d'obstacles que dans l'accomplissement de sa fonction logique ?

Quelle est la fonction sociale du langage ? Sans doute, de permettre à tous les membres d'une communauté de se comprendre sur toute l'étendue du domaine linguistique. Il faut pour cela que la langue soit portée à un haut degré d'unification, et il est certain que toutes les langues civilisées tendent vers ce but.

Elles s'en rapprochent au fur et à mesure que disparaissent les particularités individuelles et dialectales ; cette disparition est d'autant plus rapide que la civilisation se développe et que la conscience sociale grandit. Alors les dialectes s'abaissent au rang de patois ; les patois eux-mêmes s'éteignent ; les innovations sont soigneusement contrôlées, les néologismes ne passent qu'à la faveur de l'assentiment tacite de la communauté. L'obéissance à une norme linguistique (parler et écrire correctement) s'étend à tous les membres du groupe ; elle est consacrée par l'action de l'école, le prestige de la littérature et des Académies.

Tous les idiomes des peuples civilisés ne sont pas, il est vrai, au même point, dans cette marche irrésistible vers l'unification : il est intéressant de comparer à cet égard le français et l'allemand.

En pays de langue française, aucun dialecte n'est plus assez vivace pour compromettre l'existence d'une langue commune ; ils ne sont presque plus que des patois, dont on recueille soigneusement les débris avant que leur disparition ne soit un fait accompli. Le résultat est que le français met en état de se comprendre des individus habitant les extrémités opposées du territoire linguistique. L'unification interne est plus profonde encore : non seulement les parlers locaux se font toujours plus rares, mais on fait la guerre aux provincialismes, les prononciations locales sont tournées en ridicule. Le vocabulaire et la syntaxe concourent, par un lent travail de nivellement (qui ne va pas sans pertes sensibles pour l'expression), à la notation exacte d'idées, d'opinions, de sentiments partagés par toute la communauté. On a pu dire avec quelque exagération que, pour avoir du style, un Français n'a qu'à écrire comme les bons auteurs français. Cette langue semblerait donc avoir atteint un degré idéal d'unification, si l'on ne tenait pas compte de facteurs de décentralisation dont nous parlerons plus bas ; vue du dehors, elle apparaît comme un merveilleux instrument d'échanges sociaux.

La position de l'allemand est loin d'être aussi favorable. Les dialectes y sont encore en pleine vie, depuis la Mer du Nord jusqu'au Gothard, non seulement dans les campagnes, mais jusqu'au cœur des villes. Quelle action exercent-ils sur la langue commune, le hochdeutsch ?

Cette langue est comme une mer où ils vont se déverser ; grâce à eux, le niveau change sans cesse, la qualité des eaux est continuellement modifiée. Ils encombrent la langue de leur vocabulaire spécial, pittoresque et bigarré ; la diversité de leurs tours grammaticaux retarde l'unification des formes et de la syntaxe, à tel point qu'il est peu d'œuvres littéraires où les particularités dialectales ne jouent aucun rôle expressif. Mais ces richesses, qui donnent tant de saveur réaliste à l'expression courante et au style des écrivains, gênent la fonction sociale du langage. L'allemand a beaucoup plus de mots qu'il ne lui en faut, et, chose plus grave, il regorge de formes grammaticales concurrentes ; de là une grande liberté dans l'usage individuel de la langue. Beaucoup s'en félicitent : en réalité c'est une entrave ; les tolérances linguistiques ne favorisent nullement la rapidité des échanges par le langage ; toute diversité suppose un choix à faire, c'est-à-dire un effort inutile ; pour être un levier social, le langage a besoin d'une discipline ; l'indépendance ne lui est pas plus utile que le luxe et le superflu. Telle est la situation actuelle de l'allemand.

Mais cette supériorité du français n'est-elle pas compromise par d'autres influences ? Allons-nous retrouver ici le jeu de bascule que l'évolution linguistique nous présente sans cesse ?

En fait, le progrès social entraîne une différenciation croissante des sous-groupes de la communauté, et cette différenciation se traduit automatiquement dans le langage.

D'abord les rapports entre individus se diversifient en s'affinant. De là toutes sortes de nuances linguistiques qui compliquent l'échange des idées et qui sont aussi illogiques que les nuances affectives dont il a été parlé dans la première partie. Rien n'est plus caractéristique sous ce rapport que les appellations. Les Romains et les Grecs tutoyaient tout le monde, même leurs magistrats, leurs empereurs et leurs dieux. Nous avons appris à distinguer les gens socialement par *tu* et par *vous*, et le jeu de cette distinction est assez compliqué : un fils vousoie son père, qui tutoie son fils, et dit *vous* à sa femme devant des tiers et *tu* dans l'intimité. Sous l'ancien régime, à une époque où la hiérarchie des classes était très accentuée, l'allemand avait quatre formes d'appellation ; on disait non seulement : *Verstehst du ?* et *Verstehen Sie ?* mais *Versteht Ihr ?* et *Versteht Er ?* Les deux premières seules ont subsisté, la troisième se perd, la dernière est morte. L'anglais, toujours pratique, n'a plus que *vous* et ne tutoie que Dieu.

Et encore les divers modes d'allocution ne sont-ils qu'un des innombrables exemples de différenciation sociale. Dans ces deux phrases : « Justine, mon chapeau ! » — « Lequel Madame mettra-t-elle ? », on reconnaît la maîtresse et la servante ; cette nuance n'aurait pu être rendue ni en grec ni en latin.

Le progrès de la civilisation est caractérisé aussi par une spécialisation à outrance dans tous les domaines de l'activité ; à notre époque, cette diversité est encore accrue par le développement de la liberté individuelle. Songez à la multiplicité des occupations (métiers manuels, et professions libérales, division du travail), aux associations de toute espèce, aux formes toujours plus complexes des gouvernements, de l'administration, du droit, de la législation, à l'influence grandissante de la caserne, de l'école, qui elle-même se spécialise à l'infini ; ajoutez-y le développement colossal des sciences, de la technique et des sports, sans oublier que les classes sociales subsistent avec leurs traits distinctifs, sans être aussi franchement séparées qu'à certaines époques du passé.

Or, chacun de ces centres d'activité, chacune de ces conditions crée un milieu ; qui se ressemble s'assemble ; mais, chose à bien noter, il ne s'agit plus nécessairement de groupes réels et concrets des individus ; c'est par la pensée, la forme de vie et le langage qu'ils voisinent ; les individus appartenant à un milieu spécial (p. ex. les juristes, les médecins, les sportsmen, etc.) peuvent être séparés matériellement, géographiquement ; d'autre part, des individus de milieux différents peuvent habiter et habitent d'ordinaire une même localité ; bien plus, une personne appartient le plus souvent à plusieurs milieux par sa condition sociale, sa profession, ses distractions (club, sport, etc.). Or, chaque milieu se crée sa langue propre, consistant dans une terminologie, une phraséologie conventionnelles, souvent aussi dans des formes grammaticales aberrantes. On voit dès lors le caractère de ces langues spéciales et le genre d'action qu'elles exercent sur la langue commune. Comme ces milieux particuliers se détachent sur le fond de la vie commune, leurs langues expriment non seulement ce qui est propre à telle ou telle activité, mais des choses et des actes de la vie de tous y trouvent souvent une expression nouvelle ; c'est surtout le cas pour les milieux ayant un caractère social autant que professionnel (par ex. les domestiques, les militaires, les marins, les malfaiteurs) ; il arrive donc que des choses sans relation avec ces milieux y sont désignées d'une façon particulière (par ex. celles de la vie domestique, les rapports sexuels, le mariage, la mort, etc.). De là une diversité tout à fait superflue. Ainsi la langue commerciale nous a dotés de l'expression *faire faillite*, et dans l'argot parisien cela s'appelle *faire binelle*.

En outre les langues spéciales, comme les milieux qu'elles représentent, ne sont pas séparées géographiquement comme les dialectes ; elles s'interpénètrent ; non seulement elles sont parlées par des habitants d'une même ville (les langues de milieux sont surtout les produits de la vie urbaine), mais une même personne, par le fait qu'elle appartient à plusieurs milieux à la fois, pratique à tour de rôle et au gré des circonstances, plusieurs langues spéciales. Il n'est pas étonnant que ces langues se fassent de mutuels emprunts, que la langue commune accueille à son tour ; or ces acquisitions nouvelles font le plus souvent double emploi avec des expressions déjà en usage. De là de grandes ressources pour l'expression, mais une richesse nuisible à l'unification sociale.

Ainsi, est-il bien nécessaire que le même animal ait deux noms, selon qu'il est vivant ou mort ? C'est pourtant ce qui arrive en anglais pour le bœuf, qui s'appelle *ox* tant qu'il est sur ses quatre pattes, et *beef* quand il est cuit à la broche ; et il en est de même du veau et du mouton ; cette différenciation est due à la langue des cuisiniers anglais, qui singeaient le français à force de pratiquer la cuisine française. Les veneurs allemands appellent l'oreille *Löffel, Schüssel, Lauscher, Gehör,* suivant le gibier dont il s'agit ; quant au mot *Ohr,* que tout le monde emploie, ils n'en veulent pas ; les pattes d'une bête sont nommées tout aussi diversement : *Lauf, Pranke, Arm, Ständer, Fang, Ruder, Latsche.*

Mais c'est surtout en généralisant leur emploi et en prenant un sens métaphorique que les mots spéciaux pénètrent abondamment dans la langue de tout le monde. C'est que le langage de la vie, nous l'avons vu à propos des termes scientifiques (p. 79), est toujours à l'affût d'expressions nouvelles, plus frappantes, plus affectives que celles que l'usage intellectualise ; il saisit au passage les mots issus des divers milieux et qui, par leur spécialité même, ont plus de relief. On sait qu'il n'y a pas que les sportsmen pour parler de *match* ; on dit *C'est un record,* comme on disait hier *C'est un comble,* ce qui signifie tout simplement qu'une chose est très étonnante ; on *s'entraîne* pour un examen, un *rescapé* n'est plus nécessairement un mineur ; un pays est *handicapé* dans la lutte économique.

En résumé, les langues spéciales répandent dans la langue commune une foule d'expressions qui jouent sensiblement le même rôle que les mots dialectaux, et peuvent, comme eux, retarder l'unification de l'idiome. Donc, toujours progrès et recul simultanés, mouvement de bascule, gain d'un côté et perte de l'autre.

Ces faits, comme tous ceux que nous avons analysés, font toucher du doigt l'erreur de ceux qui cherchent à prouver le progrès linguistique en découpant dans le système d'une langue deux ou trois faits marquant un progrès ou une régression, pour en conclure ensuite que l'ensemble de la langue progresse ou recule ; un système linguistique est une chose trop complexe pour que cette méthode suffise à cette recherche. Comme on l'a vu, il y a toujours marche en avant sur certains points, reculade sur d'autres, et il est très difficile de calculer, à un moment donné, l'actif et le passif d'une langue ; on peut la comparer à un front d'armée où quelques régiments avancent, d'autres restent en arrière, sans compter que d'autres encore sont décimés par les obus ennemis.

Mais il y a plus : on a l'impression que les opérations du langage, comme les transformations sociales et politiques, comme notre développement physique et moral, échappent en grande partie à notre observation directe en même temps qu'à notre contrôle. Elles sont du domaine de l'inconscient et de l'intuition ; pour saisir exactement le travail souterrain de l'instinct linguistique, il faudrait avoir prise sur l'esprit L'évolution du langage et la vie humain et sur le corps social. Le langage pourrait se prêter à l'analyse s'il était une opération consciente ; il ne le deviendra que le jour où l'homme pourra arrêter ou accélérer à son gré les battements de son cœur.

PROGRÈS DANS LE LANGAGE EN GÉNÉRAL

Telle est notre conclusion sur le progrès des langues prises individuellement ; conclusion plus sceptique que négative ; notre intention était moins de nier le progrès linguistique que de prouver l'insuffisance de nos méthodes. Reste la question du progrès général du langage. Supposons une vue panoramique de toutes les langues parlées sur notre globe depuis les temps les plus reculés que l'histoire peut atteindre. Constate-t-on, à les prendre dans leur ensemble, un progrès certain ? D'après tout ce que nous savons sur les relations qui unissent le langage et la vie, cela revient à se demander si la vie humaine et l'esprit humain sont en progrès. L'idée seule de répondre à cette question donne le vertige ; cette réponse, je me garderai bien de la risquer, me bornant à signaler à ceux qu'elle tenterait quelques erreurs à éviter.

Nous sommes hypnotisés par les formes extérieures de notre civilisation européenne ; le progrès matériel, indéniable, dont nous jouissons, nous trompe sur la réalité du progrès interne, seul valable (v. p. 70). Par contre-coup, l'homme préhistorique (dont nous ignorerons d'ailleurs éternellement le langage) nous paraît assez voisin de la bête ; pourtant rien de ce que nous connaissons de l'homme, aussi haut que nous pouvons remonter dans le temps, ne nous donne l'impression d'un état absolument primitif ; il suffit de rappeler les merveilleuses découvertes préhistoriques faites dans les cavernes pyrénéennes. Notre conception des sauvages n'est guère moins enfantine, surtout au point de vue du langage. Répétons-le : il est regrettable qu'on ne puisse étudier les langues des civilisés comme les langues incultes ; nos idées sur ces dernières changeraient beaucoup. D'ailleurs, de ce qu'une langue est le reflet d'une civilisation inférieure, il ne s'ensuit pas que cette langue soit elle-même primitive. « Aucun idiome quel qu'il soit, dit M. Meillet, ne donne, ni de près ni de loin, l'idée de ce qu'a pu être une langue primitive. » Les tribus kolaryennes de l'Inde, qui sont encore à ce point de barbarie qu'elles ignorent à peu près la poterie et l'usage des métaux, ont une langue riche et ingénieuse, abondante en nuances d'expression. Le français du XIIe siècle fait l'admiration des linguistes ; cette époque n'est pourtant pas la plus brillante de la civilisation française. La perfection linguistique ne suit donc pas nécessairement la courbe de la culture

Faute de juger sans parti pris et de séparer résolument une langue du peuple qui la parle et du degré de civilisation qu'elle suppose, nous voyons la langue des sauvages à travers leur culture inférieure. On nous dit par exemple que chez les Cafres les femmes parlent une autre langue entre elles et avec les hommes ; c'est un fait analogue à ce que nous avons appelé des langues spéciales, et l'origine de cette distinction est purement sociale ; est-on bien sûr que le cas soit très différent de celui d'un huissier français qui, en famille, parle comme tout le monde, mais, pour libeller une minute, écrit un charabia que beaucoup de ses compatriotes sont incapables de comprendre ? Il paraît aussi qu'un peuple sauvage a un nom différent pour désigner chaque pied du cheval ; mais qu'on se rappelle les noms donnés par les chasseurs allemands aux oreilles et aux pattes des animaux (p. 101). Un voyageur anglais reproche à une langue de non-civilisés d'employer le même mot pour *aimer* quand il s'agit d'un ami ou d'une chose comestible ; cet Anglais voit la chose à travers sa propre langue, qui distingue *to love* et *to like* ; mais alors les Français sont des sauvages, puisqu'ils disent indifféremment aimer une femme et aimer la choucroute !

Dans certaines langues non-civilisées, les femmes sont mises, pour le genre, au rang des choses inanimées. Voilà qui est monstrueux ; mais il y a mieux encore. Nous connaissons une autre langue où un verbe transitif, tel que *tuer, aimer,* a son régime direct au génitif s'il s'agit d'êtres animés, et à l'accusatif pour les objets inertes. On tue un homme, un bœuf, un cheval, au génitif ; on détruit un mur, on lance une flèche, de la boue, à l'accusatif. Le plus curieux de l'affaire est que la femme est classée parmi les choses inanimées : on ne peut pas la tuer comme un bœuf, au génitif ; elle n'a droit qu'à l'accusatif, comme la boue ; pour bénéficier du génitif, il faut qu'elles soient plusieurs : la quantité compense la qualité. Et si un animal, comme le chien, par exemple, a l'idée saugrenue d'adopter le genre féminin, immédiatement il tombe au rang de la femme, il est condamné à l'accusatif. Voilà, direz-vous, une langue bien primitive ! Pourtant c'est la langue de Tourguenieff et de Tolstoï. Si les féministes de l'empire des tzars croient au progrès linguistique, ils devront réclamer sans retard le droit au génitif pour les femmes russes. — Je n'ai pas altéré la réalité de ce point de grammaire ; je l'ai seulement exposé comme on l'aurait fait s'il s'agissait de quelque langue polynésienne : la leçon est bonne à retenir.

Nous négligeons surtout de faire entrer le temps comme facteur du progrès linguistique.

Ce que nous connaissons du langage humain dans le passé compterait à peine pour une douzaine de mois aux yeux de la préhistoire et de l'anthropologie. Nous ignorons comment les hommes ont parlé avant l'an 3000 : qu'est-ce que cela en comparaison de tout le passé ? Un jour que M. Cartailhac, le grand anthropologiste, montrait à ses étudiants les fresques découvertes par lui dans les cavernes préhistoriques, un des assistants demanda si l'on pouvait fixer l'époque à laquelle ces peintures avaient été faites : « Oui, répondit calmement M. Cartailhac, entre 6 000 et 250 000 ans avant J.-C. »

Quel enseignement tirer des langues nées et mortes dans le court espace de temps que notre vue peut embrasser, c'est-à-dire entre 3 000 ans avant J.-C. et le xxe siècle de notre ère ? Y surprend-on un développement certain du langage humain ? Plusieurs langues parlées avant les Grecs et les Romains ont atteint un degré de perfection que beaucoup de nos langues modernes ignorent ; ainsi le sanscrit présente un idéal d'exactitude logique à faire pâlir d'aise un espérantiste. Quant au grec, il suffit de dire qu'il a pu rendre la pensée d'Homère, de Sophocle, de Platon et d'Aristote ; quelle langue a jamais mieux servi les formes les plus diverses de l'idée et du sentiment ? L'indo-européen lui-même, pour autant que la science actuelle permet de le reconstruire, ne donne nullement l'impression d'un idiome primitif.

Ainsi, même pour le langage humain vu dans l'ensemble de son développement, le progrès linguistique n'est rien moins qu'une certitude. Nous surprenons plutôt, dans toutes les phases de son évolution, un mouvement perpétuel à forme rythmique, une sorte d'oscillation décomposée elle-même en oscillations de moindre ampleur. Et ceci rappelle de très près l'histoire de l'art, où il n'est pas possible de découvrir un progrès, mais seulement un mouvement oscillatoire et des rythmes.

La vie de l'homme nous offre dans toutes ses manifestations un gaspillage effroyable d'efforts et d'existences. Qui sait ? Aucun de ces efforts n'est perdu peut-être ; mais, pour croire au progrès intégral, on est obligé de mettre, pour ainsi dire, l'éternité dans son jeu. Pour le progrès linguistique, il n'en va pas autrement :

l'histoire du langage offre l'image d'une dépense insensée de formes linguistiques : ce n'est qu'une succession de ruines et de reconstructions

Une seule chose ne peut être niée : l'aspiration de l'homme vers le mieux, sa foi dans la perfectibilité de toutes choses. Cette foi est inlassable, elle renaît après toutes les déceptions et toutes les chutes. La philosophie est une preuve admirable de cet instinct indéracinable : depuis que l'homme s'est mis à penser, les philosophes ne cessent d'édifier des systèmes qui tous semblent nous ouvrir les portes de l'infini et de l'éternité, et qui le lendemain sont anéantis par des systèmes opposés ; mais chaque fois, la poussée vers la vie et la croyance reprend un nouvel essor. Malgré ses chutes et ses perpétuels recommencements, l'homme continue sa route, le regard fixé vers des cimes supraterrestres. Les atteindra-t-il un jour ? Ce n'est pas à nous de répondre.